文学对话

Literary Dialogue

周学 编著

南京出版传媒集团
南京出版社

图书在版编目（CIP）数据

文学对话 / 周学编著. -- 南京：南京出版社，
2022.11
　ISBN 978-7-5533-3922-1

　Ⅰ.①文… Ⅱ.①周… Ⅲ.①访问记—作品集—中国
—当代 Ⅳ.① I253

中国版本图书馆CIP数据核字(2022)第201565号

书　　名	文学对话
作　　者	周　学
插　　图	潘东篱
出版发行	南京出版传媒集团 南　京　出　版　社
社　　址	南京市太平门街53号　　　邮　　编　210016
网　　址	http://www.njcbs.cn　　　电子信箱　njcbs1988@163.com
联系电话	025-83283893、83283864（营销）　025-83112257（编务）
出 版 人	项晓宁
出 品 人	卢海鸣
责任编辑	焦　博　曹鲁娜
封面书法	俞　律
装帧设计	薛顾璨
文字编辑	张垚仟
统　　筹	达艺峰
责任印制	杨福彬
印　　刷	苏州市越洋印刷有限公司
开　　本	787毫米×1092毫米　1/32
印　　张	10.25
字　　数	180千
版　　次	2022年11月第1版
印　　次	2022年11月第1次印刷
书　　号	ISBN 978-7-5533-3922-1
定　　价	135.00元

用微信或京东APP扫码购书　　用淘宝APP扫码购书

实际且幻想　忧郁又远见

文学对话　文都里见惯的日常风景

作 者 简 介　　Author

周　学

青年学者、策划人、写作人和知名主持人。作为策划人，成功地策划了许多展览、活动和栏目，如"铭记1213国际海报邀请展""双城荟——香港回归20周年艺术月""啸春风·梅花赋　书影展"，以及人文艺术类专栏《艺事荟》《文学南京说》《文都百家言》等。作为写作人，出版过《乐也陶陶·范曾寄意紫砂》《石破天惊·傅小石》《左宜右有·朱新建》《啖墨茹砂》以及文学随笔《学识几行》等，其中《学而不厌》一书荣膺"世界最美的书"。作为主持人，曾经获得中国播音主持界最高奖"金话筒"奖、中国新闻奖、中国广播影视大奖等。曾主持2014青奥会开、闭幕式大型直播，"佛顶骨舍利盛世重光"系列直播（央视、凤凰卫视、江苏卫视、南京广电）。开设语言艺术《言值时代》公益讲座五十余场次。

文都印象　　　Abstract

胡阿祥

南京的精神属于六朝,南京的文学属于唐朝,南京的物质属于明朝,南京的建筑属于民国……这是南京和其他城市不一样的地方。

郦　波

南京的市井气、烟火气、书卷气、豪侠气都让人着迷,当"金陵王气黯然收",这些对于文明更重要的各种"气"便鲜活起来。文学之都一定要有人气,要有烟火。不仅要有生活的温度,还要有心灵的广度,思想的深度。所以,当各种"气"都拥有的时候,文学作为那个皇冠上的明珠才凸显出来。作为一个读书人,我愿意"春归秣陵树,人老建康城"。

卢海鸣

从明朝开始,南京管辖范围跨过长江,开始奔向"长江时代"。到了清光绪二十五年(1899年),南京开埠,清廷允许外国商轮往来南京港口,并在下关划定口岸界址,南京从此进入了拥抱长江的时代,成为中国唯一跨越江南江北的古都。

薛 冰

早在东吴,执行者就曾派出使团到东南亚,走访了几十个国家,了解了一百二十多个国家,这些事迹都有文献留下来。东晋南朝两百七十年间,史书中记载的外国使节来访南京,就有一百二十多次。这么大规模的对外交流,在中国的其他城市,特别是其他古都中是没有的。

冯亦同

金陵之美,"美"在哪里?美在山水城林,再加上一个因素,也是更永恒的因素,就是金陵文脉的精华——诗。打开南京这幅诗歌地图,你就能够接收到这样的文化信息传递,可概括为三个要素:人心向背、天下兴亡的家国情怀;兼收并蓄、开放包容的人文精神;崇尚自然、勇于创新的美学追求。

俞 律

我是扬州人,在上海长大,但我来到南京之后,觉得自己就是南京人了。为什么?因为南京了不起。从六朝繁华开始,南京诞生了很多诗人,孕育了无数文学作品,书法、绘画、戏剧等,各种艺术门类也都得到了发展。作为一个南京人,我喜欢文学,也喜欢南京,因为喜欢文学,更喜欢南京。

丁　捷

南京一直是一座充满文学气质的城市,这些年我问遍天下文友,就没听一个人说过他不喜欢南京的。文人在这个城市往来无白丁,谈笑多鸿儒,很快可以在社会关系中找到自己的坐标。南京给了文化人很强的认同感和归属感。南京也是一个兼容幻想家与世俗者的城市。在南京可以有多种活法,不让人感到紧迫。她的博爱和崇文,使得手无缚鸡之力的文人得到呵护,不会陷入无助的窘迫。

屠国啸

从小我就生活在这里,后来又在这里工作了一辈子,所以对紫金山充满了感情,一定要带着感情来拍摄照片。整个紫金山景区31平方公里,其中有很多景点蕴含了很多故事,怎么用图片呈现景点背后的故事和历史,这是我们摄影师要构思的。

萧 平

明末清初，金陵处于绘画艺术辉煌发展的时期。龚贤曾经讲过："今日画家以江南为盛，江南十四郡以首郡（南京）为盛，郡中著名者且数十辈，但能吮笔者奚啻千人！"能够动笔画画的有数千人，足以说明当时南京绘画的风气之盛。

梁白泉

在六朝时期的南京，还发生了很多对中国历史文化产生深远影响的事情。比如，梁武帝萧衍命人编撰了《千字文》。《千字文》是在中国使用时间最长、影响最大的儿童启蒙百科全书，从天文地理到人事关系都有涉猎。萧衍还下令编撰了《通史》，所以"中国通史"这门历史学科肇始于六朝。

开 场 白   Prologue   周 学

身份之惑

南京,有太多的文化身份,六朝文化、扬子江文化、钟山文化、秦淮文化、佛都文化,等等。哪一家拿出来都能凑个"同花顺",至少是个"炸"。当然,城市文化是一个整体,不是说立起一个来,便要否定其他,其他的维度依然存在。这些文化身份是从历史的洪流中提炼出来的,不同的历史时期、不同的文化语境所形成的文化身份,犹如一颗钻石的不同切面,缺了哪一面都不完整。从内在逻辑来审视,因地理而历史,因历史而人文,三者相互滋养而生成,再因长成又生发新的枝叶。我们能否为其确定一个"唯一"的身份呢?我想提出问题者,无非是想找出那条主流,或者一种能兼容的文化身份,这个身份更能聚焦当下城市发展的实际需要,能相对持久地定位这座城市的形象。视阈不同、立场不同，每一种文化身份都有其存在的充分理由，大家都清楚地意识到，既然存在无法孤立，那么在学理层面这样的争议将无休止，答案很难唯一，这让城市主政者颇为劳神。

尽管这些城市文化身份在一定程度上无法作为具有独立价值和意义而直接成为城市文化的背景或旁白，或以外行看来仅是如同着装背后隐藏的肌肉、品味、审美。从更为广阔的时间和空间尺度来看，城市文化身份的确定将从公共文化生产投入方向、城市文化性格塑造、城市人文素质的养成等更多方面影响城市未来的发展（文化无法拿来直接变现，需要前人栽树）。之于当前，则因为信息不对称，导致"激励不相容"，给文化、旅游及对外传播等工作带来一定的困扰。2004年曾进行过一场关于城市精神的大讨论，"开明开放、诚朴诚信、博爱博雅、创业创新"16字的南京城市精神随即见诸媒体，以今天的眼光来看，这16个字有些"通配"了，任你贴在哪个城市身上都差不多，更像是人类理想追求的话术。"城市精神"作为议题，几乎每年都被提及，数届政府都极为重视，各方专家集聚一堂，研讨会最终难有结论，哪一组词的阵仗都很豪华，但似乎都无法完全涵盖，又恐"挂万漏一"，于是尽欢而散，留待下回分解。

文学与"我"

为什么2019年联合国教科文组织将"世界文学之都"的桂冠加冕给南京的时候，并没有像2014年拿下青奥会那样，全城沸腾？南京人觉得这事跟自己关系不大，是作家们、文化人的事。或许还有一部分人觉得就应该是南京的吧，你看"天下文枢"的牌坊就在夫子庙立着呢。但再多问一句，到底是为什么，便答不上来了。尽管七十年前胡小石先生早就得出"南京是文都"的"结论"，但假如没有"世界文学之都"获评这件事，"文都"的结论不知要继续尘封在档案馆多久。所以"文都"的文化身份，虽然早就有，如同一个有教养、有文化的人，不需要你再给他身上贴上"我很有文化"的标签，而之于城市则不一样，一是国人很在意"国际"给予的称号或肯定(这显然是不自信的另一种表现)，二是这将影响到城市的文化行为和经济行为等。在我看来，这个"面子"给的正是时候，可以让我们重新认识南京，重新发现南京的"里子"，我们必须从现在开始重新确定我们与城市，我们与城市那些文化身份的关系，从文学开始，是最好的机会。

文学，跟"我"有什么关系？后疫情时代，走出疫情的冲击，全力以赴地让世界回归曾经的正常，不只是生物医学的命题，也不只是重回"轨道"的经济学公式，如何修正情绪、整顿人心，让疫情的冲击转化为再造社会的力量，文学的作用无可取代。虽然这容易被解读为散发着理想主义光彩，但我仍然坚持这样的观点。讲两个小故事。一个六七岁的小姑娘问："我有一只可爱的狗狗，是我最亲密的伙伴，它死了，我好难过，要怎样才可以不难过？"一行禅师是这样回答的："你看天空，飘散着美丽的云朵，你好喜欢一朵云，忽然一阵风来，云散了。云不见了，你以为云死了。""我爱的云去哪里了？""云，没有死，没有消失，只是化为了雨滴，看到雨，你就看到了那朵云。你带着正念喝茶,云就在你的茶杯里。你说:'你好,云朵,我认得你。'云朵没有死,它以另一种形式活着。小狗也是一样。"还有一个故事,讲的是《儒林外史》里南京人的风雅:日色西斜,两个挑粪桶的伙计,挑了两担空桶,在山上歇脚。这一个拍了拍那一个的肩头说,"兄弟,等活儿都干完了,咱们俩到永宁泉吃一壶茶,再到雨花台看看夕阳吧"。

打通地域屏障、调和文化分歧的涵容性,纠正审美偏差、抚慰人心失焦的疗愈性,面对未来的种种不确定,文学的力量感和柔韧性穿越古今,直指人心。两个故事,一个关乎生死,一个关乎生活,都与生命有关,都借助了文学的方式给出了最美好的回答,这些问题,生物医学和经济指标是无法回答你的。

文学与城市

2500年建城史,1800年文学传统,中国文学从这里开始走向独立和自觉,从《文心雕龙》《昭明文选》开始数，可以拉一份很长的名单。南京大学的张光芒教授历经7年编著《南京百年文学史》，因南京而文学，因文学而南京，以地域路径开辟进入大文学史的独特视野。《文都百家言》不会放过这么好的选题。南京丰厚的文化家底，其实暗中构建了一种普遍存在的城市文化心态，南京人真的会觉得无所谓，甚至一些基本的城市文化常识，南京人都未必能说得清楚。举一个例子，比如非物质文化遗产"雨花茶"，南京人都在喝，都熟知这个牌子，但为什么叫"雨花茶"？1959年为献礼国庆十周年而特别定制，以行政命令的方式先确立了茶的名称，而后有了技术攻关小组，有了形如松针的茶型。按照"非遗"认定标准，必须超过百年且三代有序传承才能称作"非遗"。雨花茶的前身钟山云雾茶缘起于何时？与后来的雨花茶是什么关系？诸如此类问题，当我们自己都不清楚的时候，则无法讲给别人听。

我们生活在这座城市中，我们的发展有赖于对这座城市的认知。南京城市文化身份复杂（"复杂"一词在此处是褒义的），不同的切面都只能反映或呈现这座城市的一个侧面,"横看成岭侧成峰,远近高低各不同",哪个角度更好,交由读者裁定。对于从事城市历史文化研究工作的读者,希望您能指出其中的谬误,我们将及时纠错,或者请您推荐一些具有代表性的访谈嘉宾,提供一些更好的选题。对于生于斯长于斯的"老蓝鲸",或许您对于家乡的风物太过熟悉,而生出近处风景不是风景的审美疲乏,希望您能重新看待这座城市的美好。对于向往这座城市的游客,希望您能因由这部十位"文都名家"的对话录,多出一分对南京的了解。不老不新、不南不北、不偏不倚、不甜不咸、不冷不热,这是一个值得驻足、流连、归老的去处。

不只一斑

垃圾围城!记得当年做新闻的时候,很长一段时间密集地关注这一类话题,无法想象所谓创造和享受现代城市文明的我们,无时不休地制造出无数的生活垃圾。那一组彼时令我震动的庞大数字，以及按照数据推理终将淹没城市的时间轴，我已经非常惭愧地全然忘记了。我们很坦然地回避这些面前的现实并习惯了继续制造各种垃圾，包括物质的，也有精神的。起初，我将其视作一种互联网影响下的社会生态现象，网络媒体夜以继日地制作出太多信息，我们因这些信息获得短时的满足感，然后相互影响，而人们逐渐形成了被信息投喂的习惯之后，思考的能力也在逐渐退化。更让人担忧的是，我们对于科技文明的过度崇拜，人文大厦的基础正在被悄无声息地啃噬，而我们浑然不觉。

江苏南京是民生类新闻的发祥地，曾创造了《南京零距离》《直播南京》这两档现象级的王牌电视栏目。媒体人的工作是每天负责收集这个城市角角落落的信息，进行分类筛选、检测，然后根据数据汇总，分级给出报告，一套完整的信息回收处理流程之后，发现今年的"新闻"几乎是去年"旧闻"的重演。媒体人的身份也被裹挟着不得不做出角色转换的妥协，他们起初是以"乒乓球"专业入职，继而改为"足球"专业，继而换一身行头扮成"足球宝贝"的样子与观众互动，与广告商周旋。能够参与《文都百家言》

的制作，得益于我二十多年的职业媒体经历，这二十多年，我几乎涉猎所有类型的节目，而做一档真正有价值的深度采访类节目始终是我的真实意愿，借助高阶的智识回答这个城市的问题、我心中的问题，让更多人听到。一旦转向，便发现这是多么令人期待的对话。

确定《文都百家言》的选题方向，选择什么样的嘉宾，围绕什么样的话题展开，既是为找寻答案而预设路径，不断地提出问题，不断地回答问题，不断地又生出新的问题。"百家"，是个虚数，"多"，意味着视野更为开阔，角度更为多元，更容易从不同侧面觇见事物的整体。从文都出发，既是借用了南京的文化身份，也表明了这个前置的逻辑起点是依托于"南京文学"和"文学南京"，一切与南京相关联的人文、社科、艺术等选题尽可以收进来。可叠加，可累积，将已有成果进行价值再升级、再转换。本书文字内容源自视频版对话实录，是在社科联主席曹劲松先生的倡导之下有了文字版的动议，并得到了南京出版社的鼎力支持，较视频版而言，之前迫于时长所限而舍弃的部分，重又拣拾回来，成文后认为缺少的部分，再又邀请嘉宾予以补充和完善。

我们的故事

2019年暑假，一家媒体邀我为南京文旅录一段推荐视频，观众是幼儿园的小朋友。思来想去，我选择了南京博物院的一件宝物。"小朋友们，你们知道世界上最大的拼图在哪里吗？它就藏在我们南京博物院里，它的名字叫'竹林七贤图'。数数看一共有多少块呀？哎，说好了不是七个爱搞恶作剧的人嘛，为什么多了一个叫'荣启期'的人呢？"如何讲好这个故事，在我心里盘旋、打磨了好长时间。故事其实就在那里，就看你能不能讲得好，语境不同、时代不同、观众不同，能否讲到人的心里，需要我们一起提高讲故事的能力。展卷、问篆、唱丝、寻石、习笔、淬墨、入画……穿越千年梦回长安，以展卷人的视角窥见北宋名画《千里江山图》，舞蹈诗剧《只此青绿》借助央视春晚的舞台一夜爆红，两位80后的编导将引领世界时尚千年的东方极端之美演绎得淋漓尽致。这之前故宫博物院首展此作的时候，除了文博与书画界之外，在社会上并没有掀起太大的波澜。而这一次，全然不同了。因势利导，是一种讲故事的能力；笔墨当随时代，是一种讲故事的能力；借古开今，也是一种讲故事的能力。如此，才能回应时代之变、中国之进、人民之呼。因共情而共鸣，因同理而同心。要讲我们的故事（重音是我们），而不是我的故事。

六朝文化、扬子江文化、钟山文化、秦淮文化、佛都文化等，叩开每一扇文化身份的大门，都是一座蕴藏着神秘故事的宝库，而这些宝库的密室里都有一条通往深处的巷道，巷道与巷道交错，又在一处汇合。六朝博物馆里说六朝，胡阿祥馆长以"金陵怀古"开题道文学；郦波教授的"红楼梦"里交织着秦淮文化的身影；南京古长干寺11颗感应舍利，是梁白泉先生于镇江甘露寺考古发掘的重要发现；从"秦淮河时代"奔向"长江时代"，出版家卢海鸣先生首提"南京是中国唯一跨越江南江北的古都"；金陵城最后一位才子俞律，"江南一眼"书画鉴定家萧平，《南京和平宣言》的作者冯亦同，读书、藏书、著书人金陵薛冰，畅游于文字与笔墨之间的作家丁捷，极美南京的摄影家屠国啸，这十位文都名家每个人手里都握着那把通往密室的钥匙。

古希腊一位哲学家曾说，人的一生需要

两个最重要的朋友:一个是你自己,那个觉醒了的灵魂,做你最好的朋友;为了让这个朋友更充实,不孤单,另一个重要的朋友,就是读书。哲科思维提示我们,其实任何结论都不重要,中间的推导过程才是重要的实体。所以,这部出自十位"文都名家"的对话。并非要给出您想要的那个唯一答案。

二〇二二年二月三日,于家乡

目 录　　Contents

胡阿祥	003	
	006	金陵怀古
郦波	029	
	032	金陵气质
卢海鸣	057	
	064	南京文化
薛冰	087	
	090	南京记忆
冯亦同	113	
	118	诗话南京
俞律	141	
	146	吟诵金陵

丁　捷	177	
	180	文学中的生命思索
屠国啸	205	
	210	影像中的生命律动
萧　平	229	
	234	墨海中的生命领悟
梁白泉	255	
	260	我的生命属于南京

胡阿祥

1963年生，安徽桐城人。文学博士。南京大学历史学院教授、博士生导师，南京大学六朝研究所所长。六朝博物馆馆长，南京六朝文化研究中心主任。《百家讲坛》主讲人，书香江苏形象大使。兼任中国地理学会历史地理专业委员会委员，中国魏晋南北朝史学会荣誉副会长，中国唐代文学学会韩愈研究会常务副会长，江苏省六朝史研究会会长，中古中国学会理事会（美国）理事等。出版专著、主编著作60多种，发表论文与随笔400余篇。主要学术领域为中国中古文史、中国历史人文地理、地名学、南京史。

周学手记

一座城市曾经发生的事叫作"历史";为一座城市动过的情,就叫作"文学"吧;而装在那个叫作"社会"的容器里的,即是"文化",它是什么,就是什么,谁也无法改变。不论历史与时代让一座城市的面貌发生了怎样翻天覆地的变化,城市留存在文学中的印象似乎都是永恒的。诚如老舍先生笔下老北京的人情世故,郁达夫所怀念的"故都的秋",令人唏嘘的上海爱情故事出自最是洞明生命的张爱玲的行笔……故事因城市有了生动的发生背景,不同的文学意象也为城市增添了不同的文化魅力。

我们的对话借由"怀古"开题,也在"怀古"的溯源里行走,在胡阿祥看来,自唐朝至今,南京最好的文学作品,都离不开"怀古"这个母题。"金陵怀古",是南京沧桑历史的文学表达,它根植于南京兴衰更迭的时代历程中,孕育于繁华与衰落的强烈对比中。"国家不幸诗家幸,赋到沧桑句便工。"金陵怀古,因其深刻的悲剧色彩而具有超越地域的普遍意义。

哀泣的内质,悲壮的灵魂,那些集体为南京这座城市动过的情,共同诞生了"金陵怀古"这一深刻的文学母题。

金陵怀古

对话 | 周学 × 胡阿祥

金陵怀古：一种典型的文学母题

第一话

周学：南京，素有"六朝古都"之称。"六朝"是指东吴、东晋和南朝的宋、齐、梁、陈六个朝代。六朝时期的建康城，即现在的南京，是当时世界上最大，也是第一个人口超过百万的城市。说到南京的"六朝文化"，我经常会想到《儒林外史》中的一句："（南京）真乃菜佣酒保，都有六朝烟水气。"六朝之于南京到底意味着什么？

胡阿祥：一种雅致吧。《儒林外史》中杜慎卿说这句话是有背景的，他同友人徜徉雨花台岗上，"坐了半日，日色已经西斜，只见两个挑粪桶的，挑了两担空桶，歇在山上。这一个拍那一个肩头道：'兄弟，今日的货已经卖完，我和你到永宁泉吃一壶茶,回来再到雨花台看落照。'"喝茶、看落日,这是属于六朝的风流雅致。

南京有2500年的建城史,450年建都史,在建都史中,六朝占了330多年。尽管六朝已成历史,但六朝的精神依然留存在南京,它奠定了南京人的文化面貌,它蕴含在今天南京人的口头禅"多大事"里。历史上的每个时代给南京留下了怎样的印记?南京的精神属于六朝,南京的文学属于唐朝,南京的物质属于明朝,南京的建筑属于民国……这是南京和其他城市不一样的地方。在城市规划与建设逐渐"千城一面"的当下,南京的"与众不同"是特别值得尊重与珍惜的。灵魂不能散失,文脉不能中断,而六朝的精神传承,是南京这座城市之所以成为南京最核心的东西。

周学:"怀古"是中国文学史上经典的主题之一,它在拓宽文学视野的同时呈现出两条线:一条线是时间的线,带给读者历史兴亡的思考;另一条线是文化的线,呈给读者一种悲凉的文学质感。在《全唐诗》中,以金陵怀古为主题的诗歌有90多首,为什么有这么大的体量?

胡阿祥:以南京为对象的怀古,也就是你所说的"金陵怀古",是一种典型的文学母题。什么叫母题?文学是写感情的,友情、爱情、亲情……这些不同的文学主题称之为文学的母题。"怀古"是中国文学中具有重要意义的一类题材,而"金陵怀古"又是中国古代怀古文学的巅峰,为什么称之为巅峰?

因为金陵怀古诗词代表着怀古文学达到了最深刻的层次。"江南佳丽地",说明江南环境优越,所以才有了"金陵帝王州"。环境如何优越?"逶迤带绿水,迢递起朱楼。"多么好!这是南京作为都城的六朝时代的景象,孙吴、东晋、宋、齐、梁、陈,300多年、40来个皇帝。这种繁华的景象到了公元589年被全部毁掉了。于是在隋朝,尤其是唐朝,文人们在曾经是都城的这片废墟上,生发出无限的感慨,诞生了传之不朽的金陵怀古文学。

最典型的一位诗人是刘禹锡,很多人都读过他所写的《乌衣巷》。"朱雀桥边野草花",朱雀桥横跨于南京秦淮河上,是六朝时最繁华的渡口之一,然而到了唐朝时已经荒芜了。"乌衣巷口夕阳斜",乌衣巷在东晋时是高门士族的聚居区,开国元勋王导和指挥淝水之战的谢安都住在这里。到了唐代,乌衣巷口的断壁残垣也是夕阳斜挂。"旧时王谢堂前燕,飞入寻常百姓家。"换言之,王导、谢安的高堂华宅变成了普通百姓的人家,这就是沧桑。与之相应的,还有那首《石头城》,"山围故国周遭在",山还是那些山,国已经成了故国;"潮打空城寂寞回",潮水拍打石墙,城墙已经成为一堆废墟。"淮水东边旧时月,夜深还过女墙来",月亮从古至今都是一样的,但它却不懂得人世间的变迁。这是《金陵五题》中间的两首,南京人都非常熟悉。有一个非常有意思的事情,很多人没关注到,刘禹锡写《金陵五题》的时候,他还从来没有来过南京,但他似乎看见了群山、石墙,听到了潮打空墙的声音。这被称为"文学的意象"。在唐朝时,不管你有没有来过南京,南京留给他们的印象就是沧桑的、寂寞的,因为南京这座城市变迁得太厉害。刘禹锡也有此疑问,"兴废由人事,山川空地形。后庭花一曲,幽怨不堪听。"南京的山川形势很好,但政治上为什么没有守住?

"国家不幸诗家幸,赋到沧桑句便工。"清朝诗人赵翼的这句诗太深刻了。历史的繁华与衰落之间的对比太过强烈,可以说是历史的大不幸和文学的大幸。近百年来,最震撼人心的文学艺术作品就诞生于20世纪的30年代,那是中华民族生死存亡的时候。"怀古"这一类文学题材具有某种意义上的悲剧色彩,而悲剧是最为深刻的。

延伸阅读
金陵怀古诗词

公元前472年,越王勾践命范蠡在南京秦淮河之南筑城,后称越城,又名范蠡城,它被公认为南京城市的开端。汉献帝建安十六年(211年),孙权将政治中心迁至秣陵(今南京秣陵关一带),次年在金陵邑城址修建石头城,并取"建功立业"之意改称"建业",开创了南京建都的历史,也使中国的政治中心走出黄河文化流域的格局,引领了长江流域及整个中国南方地区的发展。东吴、东晋以及南朝的宋、齐、梁、陈时期,南京都曾是都城。五代十国时期,徐知诰建立齐国,改金陵府为江宁府,以城为都。明初洪武元年（1368年）秋八月，朱元璋在应天府（今南京）称帝，建立了明朝。洪武十一年（1378年），朱元璋正式定都南京。永乐十九年（1421年）明成祖迁都北京，改京师为南京，为留都。

"金陵怀古"是中国古典诗歌史上体系完备、作品数量浩繁的诗词主题。金陵怀古诗词，是指立足于金陵之情景、史实进行抒情，以金陵的城市兴衰进行主题咏写，常常带有怀古伤今的情感色彩。因为以金陵为都的政权在中国古代史上屡遭鼎革的遭际，能够激起无数士大夫诗人的故国眷念，相关诗词便反映出鲜明的追忆、伤逝之情感。

在这类诗词中，石头城、秦淮、台城、雨花台、凤凰台、乌衣巷等意象符号出现率极高，直接以金陵或金陵别名如上元、秣陵等怀古为题的诗就有司空曙、刘禹锡、李山甫、许浑、李群玉等，词、曲有王安石、周邦彦、卢挚、张可久、萨都剌、刘秩、白朴等。由历史文化名城到古代诗歌意象，"金陵怀古"诗词可以说在中国古典文学中是一个带有浓郁政治文化色彩以及极高文学价值的艺术类型。

诗词欣赏

上元怀古

[唐]李山甫

（其一）

南朝天子爱风流，尽守江山不到头。

总是战争收拾得，却因歌舞破除休。

尧行道德终无敌，秦把金汤可自由。

试问繁华何处有？雨苔烟草古城秋。

（其二）

争帝图王德尽衰，骤兴驰霸亦何为。

君臣都是一场笑，家国共成千载悲。

排岸远樯森似槊，落波残照赫如旗。

今朝城上难回首，不见楼船索战时。

金陵怀古

［唐］许浑

玉树歌残王气终，景阳兵合戍楼空。

松楸远近千官冢，禾黍高低六代宫。

石燕拂云晴亦雨，江豚吹浪夜还风。

英雄一去豪华尽，唯有青山似洛中。

西河·金陵怀古

［宋］周邦彦

　　佳丽地。南朝盛事谁记。山围故国绕清江，髻鬟对起。怒涛寂寞打孤城，风樯遥度天际。

断崖树,犹倒倚。莫愁艇子曾系。空余旧迹郁苍苍,雾沉半垒。夜深月过女墙来,伤心东望淮水。

酒旗戏鼓甚处市。想依稀、王谢邻里。燕子不知何世。向寻常、巷陌人家,相对如说兴亡,斜阳里。

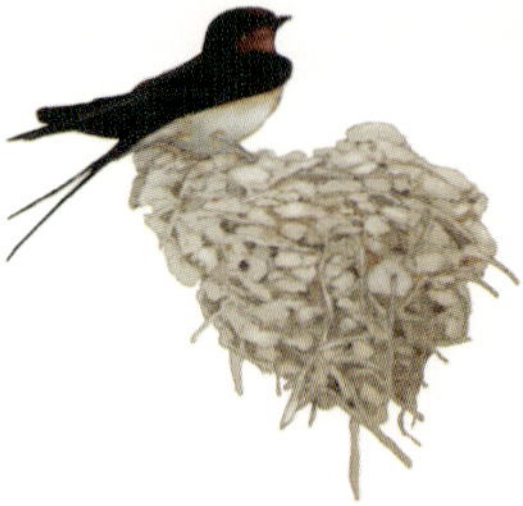

"文学之都"实至名归
南京拥有深厚的文学底蕴和耀眼的文学成就

第二话

周学：2019年10月31日，联合国教科文组织官方宣布批准66座城市加入联合国教科文组织"创意城市网络"。南京被列入"文学之都"，成为中国第一个获此称号的城市。南京何以成为"文学之都"？

胡阿祥：我有一种感觉，走在南京，就是走在历史里，而走在历史里，就是走在文学里。也许南京人会比较了解南京的历史，但南京为其他城市的人所熟知的，更多还是因为南京的文脉源远流长。南京成为文学之都，底气源于方方面面。就文学的内容而言，以诗来说，南京有书写自然之美的山水文学。六朝时期的谢灵运、谢朓，都是山水文学的代表性诗人。

在六朝时的南京,也诞生了宫体文学,宫体文学是写人情之美的。世界不就是由自然和人文组成?南京的山水文学和宫体文学,使自然与人文之美的描述达到了一种极致。还有我们刚刚提到的怀古文学,具有一种对国家、民族、社会的大关怀,具有永恒的文学价值。

周学:从南京的文学作品中间,读者能够感怀出很多内涵。刚才您所提及的仅是文学族群中"诗"这个单元,南京的宋词、元曲、明清小说,在各个方面的文学题材上面,都有巅峰级的作品。对于文学发展历程而言,南京助推了文学发展的迭代升级。

胡阿祥:文学也讲究形式美,这才是"纹","纹"就是丝织品上的花纹。在文学形式美的形成过程中,起源于南朝的永明体,起到了非常大的作用。而在文学批评方面,南朝文学理论家刘勰创作了中国文学理论批评史上第一部有严密体系的文学批评专著《文心雕龙》。可以说,文学的"学",也起源于南京。还有南京的文学流派。我是安徽桐城人,桐城派是中国清代文坛上最大的散文流派,其实桐城派的大本营不在桐城,而在南京。方苞、姚鼐,包括桐城派的弟子梅曾亮等,都在南京生活、在南京讲学。

可以说，南京在古代就已经是一个"文学之都"。南京成为文学之都的底蕴表现在方方面面，这不仅仅是一些单薄的文字或文章，而是一种深层的文学关怀。在南京，诞生了各种各样的文学家、文学作品、文学流派、文学技巧、文学批评，"垒土石而成泰山，聚江河而成大海"。南京城就是那个文学汇聚的地方，这不是说其他地方没有文学，中国没有一个地方没有文学，但只有南京有这么多紧密勾连起的文学底蕴和文学成就。

对话在长江路302号的六朝博物馆进行

延伸阅读
胡小石论南京在中国文学史上的地位

1949年11月25日,中奥文化协会邀请南京大学文学院院长、金陵大学兼职教授胡小石先生在金陵大学演讲,讲题是《南京在中国文学史上的地位》。胡小石,1888年出生于江苏南京,曾问学于王国维、沈曾植等晚清耆宿,精通四部,其古文字学、书学、诗学及文学史研究尤其精到。集书家、诗人、学者、教育家等多重身份于一身的胡先生,可谓一代学术大师。在演讲中,胡先生从山水文学、文学教育即文学之得列入大学分科、文学批评之独立、声律及宫体文学四个方面论述了南京在中国文学史上所取得的成就,首次论述了南京作为"世界文学之都"的历史文化依据,并为南京在文学史上的地位下了这样一个定义:"合而观之,则南京在文学历史可谓诗国。尤以在六朝建都之数百年中,国势虽属偏安,而其人士之文学思想,多倾向自由方面,能打破传统之桎梏,而又富于创造能力,足称黄金时代,其影响后世至巨。"

胡小石认为,在山水文学的发轫与流传过程中,南京起到了举足轻重的作用。西汉的统治者自汉武帝始都尊崇儒术,"故汉人思想,大体偏于人世间的"。东汉中叶之后,社会动荡、政权不稳,士大夫的思想由儒家转向道家,到了魏晋时期形成了所谓的"玄学"——"轻人事而尚自然"。晋室南渡之后,"玄学"进一步与传入的佛教相结合,并支配了一般知识阶级的思想,"于是在人事以外,发现大自然之美。认为宇宙间最理想的完美之物,系以山水为其具体的表现"。而文学对象由人事转向山水,在胡小石看来,"为中国文学史上开一新境"。琅琊王氏和陈郡谢氏从北来南之后,南京成为当时山水诗人实际上的"大本营"。金陵得天独厚的自然环境促进了山水文学与山水画的发展,"而大江之浩荡,钟山之嵯峨,后湖之明秀,秦淮、青溪之曲折,方山之开朗,栖霞之幽静,又俱足以启发灵感。故以上诸名胜,在当时皆常常见诸吟咏。而晋末宗炳、顾恺之等又为山水画开宗,与文学配合并进,皆南京艺术上掌故"。

在演讲中,胡小石指出,在中国历史上,文学首次成为一门独立的教育学科,也发生在南京。魏文帝(曹丕)曾经在《典论·论文》中首先确认文学的独立地位,而后晋代人葛洪在《抱朴子外篇》中接受并发扬了曹丕的这一理念,"葛洪是句容人,去南京最近"。宋文帝时,文学(诗赋)首次被统治者确认为一门独立的教育学科,与儒学(经学)平列,又为文学地位增高之新纪录:"《宋书·雷次宗传》中,记宋文帝元嘉十五年(438年)在北郊鸡笼山(今之北极阁)开四馆教学。以雷次宗主儒学,何尚之主玄学,何承天主史学,谢元(谢灵运从祖弟)主文学,此为宋之国学。"

中国古代文学批评的名著也多与南京有关。文学批评有专篇的文章始于曹丕的《典论》,"陆机《文赋》、葛洪《外篇》,亦为专篇,且与南京有关"。文学批评的累卷巨著——南齐末年刘勰之《文心雕龙》,也诞生于南京。胡小石进一步指出,在六朝时期,南京各种艺术、科学、宗教与思想都得到了自由的发展,为文学批评发展提供了良好的条件,"庾肩吾复有《书品》,亦分上中下三格,评骘书家,为书道史不可少之资料。然诸书可能皆成于钟山、淮水间"。

从声律与宫体文学的发展来看,"文章之有声律,陆机《文赋》已首先注意及之。中间经过范晔、谢庄,以至齐、梁间沈约、王融、谢朓,此一运动乃告厥成功。由范至谢,并官京朝,故此一运动无疑的亦以南京为中心"。而声律的启发,来源于佛教僧侣梵呗之美,"而南京在南朝又为佛教盛行之地,当时文士几无不通佛典者"。宫体文学,是一种起源于六朝时期的文体,"以托咏宫闺,词旨轻艳,为纯粹抒情诗之一",北宋时期的郭茂倩曾在编撰的《乐府诗集》中收集了大量晋、宋、齐时期的宫体文学作品,从语言运用上来看,这些诗篇也多出于南京,"总计约有三百首以上,皆回肠荡气,情感真挚,且皆为吴声歌曲。诗中言地名,更有扬州(这里指南京)、白门等语,尤足证明其多出南京闾巷间青年男女之手"。

"多大事啊"
体现了南京人骨子里的贵族气质

第 三 话

周学："一种风流吾最爱，六朝人物晚唐诗。"提到魏晋，就会联想到关键词"魏晋风度"，中国历史上魏晋时期，可以说是贵族时代的高光时刻，尤其是东晋，贵族时代臻于巅峰，其权势甚至能与皇家平起平坐。而这个历史时期，刚好就发生在南京。所谓贵族，贵族式的人生态度，大抵就在那一句"多大事啊"之中，豁达、坦荡，又有一种豪迈。

胡阿祥："贵族时代"对今天的中国人来说，可能是一个久远的记忆了。今天不乏富豪、不乏有钱人，但是富豪、有钱人与贵族还是有差别的，贵族不一定很有钱，但贵族一定很有文化。

南京人骨子里真的是有贵族气质，一种处变不惊的态度——"多大事啊"。南京从三国东吴建都以来，在1800多年的时间里，曾遭遇多次毁城。历史的长河中，城市在经历兴衰，人事也在变动。生活在两种城市文化中的居民心态会比较开阔，一种是商业城市，另一种就是经历了兴衰起伏的城市。南京人看惯了云起云落，所以有这样一句口头禅"多大事啊"，这就是一种平静的心态。南京人在城市命运的起伏、人口的变迁中，积淀了文学的淡定、文学的情怀、文学的深刻、文学的思考。

周学： 其实文学还有另一种价值体现，它在记录着城市的发展轨迹。与此同时，城市的发展也必然会对文学的发展产生影响。尤其在今天，一个调动欲望的时代，我们面临很多诱惑，自我救赎的力量又显得很是孱弱，南京文学未来的走向会发生怎样的变化？

胡阿祥： 文学就好像人身上的血脉。一个人如果失去了肉、失去了血，这个人就枯萎了。文学起到的就是这种作用，它让生活更美好，让城市更优雅，让我们的生活更像真正的生活，而不是一种仅仅为了生存的生活。前人给我们留下了这么多文化财富，我们今天应该让文学的血脉活起来，融于过去，自信于现在，自豪于未来。

学人荐书 《"胡"说六朝》

《"胡"说六朝》
胡阿祥 著
江苏人民出版社

　　给诸位朋友推荐一本我的近作——《"胡"说六朝》。"六朝"是南京最耀眼的符号,也是南京文学描写的最多的一个时代。这本书写了我对南京六朝时代的一些感悟。

行走南京 阅读文学

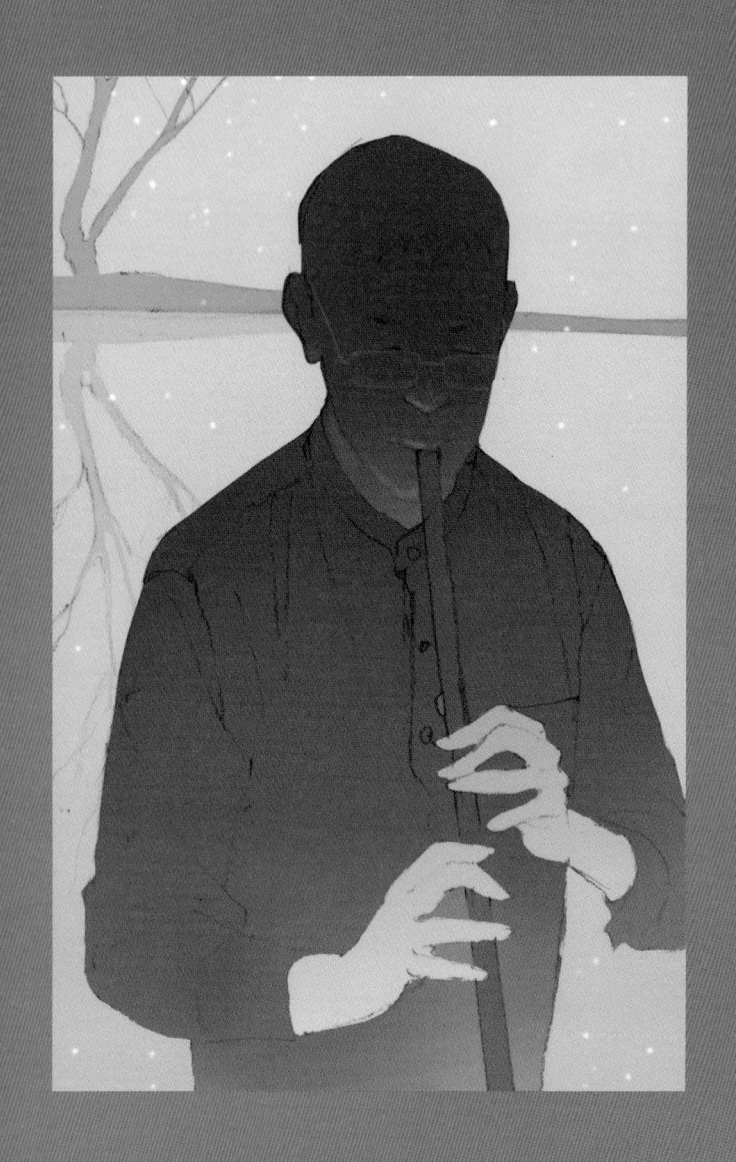

郦 波

中国古典文学与文化专业博士,国内首位文牍学研究方向博士后,南京师范大学教授,全民阅读形象大使,《中国诗词大会》《中国成语大会》文化嘉宾,中央电视台《百家讲坛》栏目主持人,已主讲《风雨张居正》《抗倭英雄戚继光》《曾国藩家训》《五百年来王阳明》等系列。

周学手记

"沧溟",天之蓝,海之邃,有高远之意,风恬浪静,水波不兴,无边无际又清澈而神秘。"沧溟"是郦波兄的名号,几乎所有接触过他的人,都有统一的印象,无论任何时间、任何场合,茶席间或荧屏上,他始终保持儒雅的面孔、温和的笑容,永远是不疾不徐的样子。自2009年主讲央视《百家讲坛》到近几年担任《中国诗词大会》等节目的评委,郦波以深厚的古典文学功底和寻幽入微、幽默诙谐的点评受到观众的喜爱,吸粉无数。

实际上,除了观众熟知的古典诗词,郦波的主要研究方向是中国古典文学与文化,尤其是明清时期的文学与文化。他剖析明代改革中的《风雨张居正》,讲解心学代表《五百年来王阳明》的人生传奇,也为观众评述《曾国藩家训》中的思想与智慧……在郦波看来,从文字到文学,从文学到文史，从文史到文化，从文化到文明，这"五文"共同构成了他的研究体系，只要是这棵大树上的分支，他都愿意倾心钻研。

曾有学生直白地问郦波："今天这个时代，诗词有什么用？"他坦率地回答："没什么用，几乎没什么用。"在郦波看来，诗歌只是一种抚慰心灵的力量、塑造精神的力量、滋养灵魂的力量。身为一名大学教授，郦波的教育理想是效仿陶行知先生，推行大众教育，这也是他近年来频频亮相各种文化综艺的原因。他希望能够通过自己身体力行的传播，让更多人从古典文化中开启智慧，汲取力量。

金陵气质

对话 | 周学 × 郦波
石头城里说《石头记》

第 一 话

周学:"文"这个字起源于纹饰的"纹",直到今天,我们称赞优美的诗文时,还会使用"天孙云锦""腹有锦绣"这一类含有织锦意象的词语,由此可见"锦绣"在中华传统文化中的审美地位。位于南京的江宁织造博物馆是在江宁织造旧址上建造的一座现代博物馆,也是一座展示《红楼梦》历史和文化的新型博物馆。您身为文学院的教授,同时兼任江宁织造博物馆的馆长,想请教郦波兄,在您的心目当中,《红楼梦》是一部什么样的作品?

郦波:中国古典文学中至今都无法超越的巅峰之作,就是《红楼梦》。在我看来,《红楼梦》是一部书写人性觉醒的作品,这本书写的是人，而不是英雄。《三国演义》《水浒传》《西游记》都是讲述英雄故事的作品。生活中真正能打动读者的，是与普通人的生活息息相关的琐碎细节，因为琐碎的细节才能显现出人性。《红楼梦》对人性的刻画、对生命本身的书写达到了一种极致的细微。很多读者可能在儿时没办法读懂《红楼梦》的好，但岁月会改变一个人的想法，随着一个人年龄渐长、进入社会、阅历增加，面对生活中的起伏跌宕，也就理解了生活的真面目。当你见到了生活真面目的时候，生活也会让你发现自我的真面目。这时候你对人性的理解就不一样了，再读《红楼梦》，就能体会《红楼梦》的深刻。鲁迅先生认为，最伟大的文学就是悲剧，只有悲剧美才有崇高美。中国文学中，将悲剧精神发挥到极致的就是《红楼梦》。虽然我们看不到原书八十回之后的内容，并因此而怀有巨大的遗憾，但这并不影响《红楼梦》是一部伟大的悲剧，而且是一部不逊于古希腊三大悲剧、不逊于莎士比亚的四大悲剧、不逊于《哈姆雷特》的作品。

周学： 您曾经做过一个梦，自己幻化成曹雪芹，可惜的是与后八十回的真相擦肩而过。那是一个什么样的梦，现在还有印象吗？

郦波： 就是在江宁织造博物馆的办公室里做的一个梦，

梦中好像有两个自己，其中一个自己变成了曹雪芹，正在给孩子们上课，另一个自己知道自己在梦中变成了曹雪芹，就有了一种意念："不要醒，不要醒，赶快上完课，回去看看《红楼梦》后八十回到底是什么？"哪怕是快速地扫一眼，我也能知道真相。那时候特别激动，感觉全国人民都等着我去探究八十回后的真相。不要醒，上完课赶快回去。我还在梦里对自己强调，不要激动，要放缓，因为好像知道情绪一起伏，梦就醒了。等到上完课，心中有一种欣喜，只要顺利回去就能看到八十回后的真相了。这时候，突然身后有一个孩子喊我"先生"，我一回头，脖子一扭，梦一下就醒了。我到现在都特别懊恼。

周学： 残缺不也是一种美吗？正是因为残缺，才有了美的想象、文学的生发，有了您的"红楼梦"。

郦波： 我们在未得到这个真相之前，当然会说残缺也是一种美。我有一个观点，所有伟大民族的作品本身都会再生长，就像路遥先生写《平凡的世界》一样，作品本身会再生长的，《红楼梦》则更典型。《红楼梦》有过很多名字：《情僧录》《风月宝鉴》《石头记》。曹雪芹对这部著作使用最频繁的名字肯定不是《红楼梦》，各种各样的名字说明这部书在生长，逐渐成为今天的面貌。

延伸阅读
南京城中的"红楼遗迹"

《红楼梦》中的大观园究竟在何处？学界历来都有南京、北京之争，原文中也各有证据支持两派的观点。《红楼梦》第二回，贾雨村对冷子兴说："去岁我到金陵地界，因欲游览六朝遗迹，那日进了石头城，从他老宅门前经过，街东是宁国府，街西是荣国府……""金陵"分明说的是南京，由此观之，故事自然发生在南京了。第六回中，刘姥姥又对女婿王狗儿说："如今咱们离城住着，终是天子脚下……""天子脚下"显然写的是北京。

当然，《红楼梦》作为一部虚构的文学作品，书中景物不可能局限于一处，但曹府遗迹确实在南京处处可寻。自曹雪芹的曾祖父曹玺出任江宁织造之后，曹家三四代人在南京生活了六十多年。曹雪芹儿时，也过着书中所描绘的"锦衣纨绔之时，饫甘餍肥之日"的生活。直到15岁，曹府遭没籍抄家而被遣返至北京老宅，从此开启了曹雪芹颠沛而贫困的后半生。对曹雪芹而言，童年时在金陵的显赫生活，大概是他一辈子也抹不去的回忆。金陵的草木砖瓦，也不可避免地出现在他的笔下。那么，在如今的南京城里，哪些地方能够寻得"红楼遗迹"呢？

根据考古发现以及红学家的考证，现在的南京大行宫一带就是江宁织造府的遗址。大行宫位于南京市主城中心地带，因此区域为清康熙、乾隆南巡时在江宁府的行宫而得名。康熙帝六下江南时，四次居住在当年的江宁织造府，因此就把江宁织造府所在地称为"大行宫"，如今的江宁织造博物馆也位于大行宫一带。1984年，当时的南京市文管会考古队在大行宫小学发现了一堆太湖石和一批色织染料，以及印有"大清雍正年制"字样的瓷碗底等文物。经专家鉴定，确认这里是江宁织造府的遗址，并进一步推断出，此处应该是曹家的居住点，并定为曹雪芹故居。而紧邻大行宫的汉府街就是江南织造局的旧址。

在如今南京的乌龙潭公园里，有一座"曹雪芹纪念馆"，这里还坐落着曹雪芹的塑像。为什么南京的曹雪芹纪念馆选择建在这里？据红学家考证，南京城西的"随园"实际上是曹家另一处

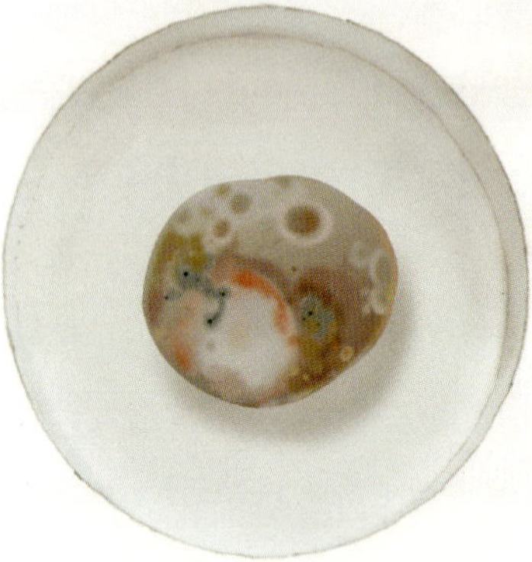

花园的旧址，它曾经的占地范围非常大：广州路两侧，东起干河沿（南京大学南园广州路门口）、青岛路，西至随家仓、乌龙潭，以小仓山为中心。曹家被查抄后，归了下一任江宁织造隋赫德，因而被称为"隋园"。后来隋家也败落了，乾隆十三年（1748年）秋，性灵派诗人袁枚将它买下改名为"随园"。袁枚认为随园就是大观园，他在《随园诗话》中写道："雪芹撰《红楼梦》一部，备记风月繁华之盛，中有所谓大观园者，即余之随园也。"

金陵城中还有很多自然景观曾出现在《红楼梦》中。《红楼梦》第五十一回，薛宝钗以自己游历过各省的古迹为题，写了十首新编的怀古绝句诗。其中就有一首《钟山怀古》："名利何曾伴汝身，无端被诏出凡尘。牵连大抵难休绝，莫怨他人嘲笑频。"而钟山就是今天南京的紫金山。还是在《红楼梦》第五十一回，薛宝琴也作了十首怀古绝句，其中一首是《怀古绝句·桃叶渡怀古》："衰草闲花映浅池，桃枝桃叶总分离。六朝栋梁多如许，小照空悬壁上题。"桃叶渡就位于今天南京城南秦淮河与青溪合流的淮清桥附近，相传因东晋时王献之在此迎接其爱妾桃叶并作《桃叶辞》而得名。

金陵气质：书卷气与市井气

第 二 话

周学：您是研究古典文学的，百般红紫、乱花迷人，哪一位诗人，哪一个文学家，哪一篇或哪一类是您的情有独钟呢？

郦波：这太难选择了。我研究传统文化，喜爱的诗人太多，比如说李白。平心而论，从政治的角度上来看，李白的政治智商真不高。真的让他从仕，我可以打包票，比张九龄要差太远太远了。可是论作品、论作品与南京的相关度，我个人觉得真没人能超越李白。根据我的研究发现，李白一生好游山川，他一生七上敬亭山，其实他每次前往敬亭山的时候都要经过南京，所以李白也是一生七下金陵，而且李白现在留存的诗篇里有十分之一都是描写的南京。我最喜欢李白关于南京的一首诗,是一首名为《长干行》的诗:"妾发初覆额,折花门前剧。郎骑竹马来,绕床弄青梅。同居长干里,两小无嫌猜。"古人也认为这首诗将纯洁的爱情写到极致。其实这首诗有更为复杂的社会背景,它反映了当时南京的市民精神。诗中写的是什么人?李白写的不是贵族或知识分子的爱情,他描写的是长干里的商贾儿女。因为当时的长干里是古代中国最大的物流中心,是长江航运最重要的商业码头。在唐代之前,南京是中国最能体现商业精神的城市,而李白却能用诗歌将这种精神表现得淋漓尽致。所以联合国教科文组织认定南京是中国第一个"世界文学之都",可以说是实至名归。但凡读书人,不论你在哪个城市生活,都会认同这一点。穿越历史,那些古圣先贤知道这个消息也会频频点头。像李白、杜甫、汤显祖、曹雪芹,这些南京曾经的荣誉市民们也会认同这一点。

周学:"世界文学之都"这个桂冠加冕给拥有1800年文学传统的天下文枢、六朝古都南京。这份殊荣既是对过往的一种敬畏、尊重,又是对当下的一种肯定。当下身在南京的我们,更多地要面向未来。我们将把一个什么样的文学之都传给后人，献给世界？

郦波：作为文化学者，我经常提到一个词语：薪火相传。文明的薪火就是一代代传续下去的。人类文明中最好的人才选拔方式就是考试，公正、公平、公开，这是一个社会的底线所在，所以高考问题牵动着所有人的神经。高考这种形式是怎么来的？就是从科举开始的，江南的贡院是明清两朝科举的重镇。所以南京的书卷气决定了薪火的相传，也是金陵可以被称为"文学之都"的关键。

除了书卷气，南京的气质其实是多面的。南京也是一个拥有豪侠气的地方。朝天宫一带曾叫作"冶城"，是春秋末年吴王夫差建成用于冶炼铜铁、铸造兵器的地方。唐代诗人李贺曾经在《南园十三首·其五》中写道："男儿何不带吴钩，收取关山五十州。""吴钩"就是产于吴地的最好的兵器。

很多人说"六朝烟雨，十朝金粉"，南京确实也有脂粉气。脂粉气的本质是什么？就是市民精神的崛起，很多人觉得"脂粉气"是贬义词，我觉得这种理解太浅显了。市民精神的兴起也伴随着物质生活的极大丰富。"市井文化"从某种程度上来说，就是在追求精致、追求生活的品质。提到圣贤，不一定要一箪食、一瓢饮、居陋巷，有条件的时候，孔夫子也喜欢吃肉食，也要收学生的"束脩"，也就是学费。苏东坡落难的时候，还琢磨着怎么烹饪东坡肉。中国古代的知识分子，对物质和精神的认识其实并不狭隘,是从两方面来认识的。

我经常出差,在各地讲学,走过那么多城市,但我最喜欢的还是南京。南京的生活节奏、生活品位,南京的市井气、烟火气、书卷气、豪侠气都让人着迷。正因为"金陵王气黯然收",对文明更重要的各种气质才蓬勃发展。所以我觉得文学之都在文学璀璨之外,一定要有人气、要有烟火气。不仅要有生活的温度,还要有心灵的广度,思想的深度。当各种气质都拥有的时候,文学作为皇冠上的明珠才凸显了出来。所以作为一个真实的人、作为一个读书人,我愿意永远"春归秣陵树,人老建康城"。

江宁织造博物馆是南京人吴良镛先生设计的

延伸阅读
品读长干里

"妾发初覆额,折花门前剧。郎骑竹马来,绕床弄青梅。同居长干里,两小无嫌猜……"李白的这首《长干行》,以一位女子自述的口吻,讲述了自己与丈夫的感情故事,同时抒发了对外出经商的丈夫的思念之情。《长干行》中纯真美好的爱情故事,让长干里广为人知的同时,也为这片土地增添了几分浪漫色彩。南京长干里位于今天内秦淮河以南至雨花台以北,历史上曾经是金陵古城著名的商业区和货物集散地。

根据元代南京方志《至正金陵新志》记载:"长干里,在秦淮南,越范蠡筑城长干。"越王勾践灭吴之后，公元前472年，越国大夫范蠡受命选择在长干里筑城，此城即为长干城，或称"越长干城""越王城"，简称"越城"，这在南京古代建城史上有着划时代的意义，是南京建城史的开端。范蠡选择在长干里构筑越城，就是看中了这里人口密集、交通便利、商肆繁荣的条件，而范蠡选择在此筑城，也为长干地区商贸的发展提供了新的历史契机。

"长干里"这一地名有什么含义？南京古代方言将山陇之间的长条形平地称为"干"；而"里"当时是指百姓居住之地。西晋文学家左思的《吴都赋》曾生动地描绘了长干里一带栋宇密集的繁华景象："横塘查下，邑屋隆夸。长干延属，飞甍舛互。"《吴都赋》还记载长干里一带"其居则高门鼎贵，魁岸豪杰。虞魏之昆，顾陆之裔。"长干里中居住着大量平民百姓，也居住着一些高官贵胄。在《三国演义》中，孙策在临死之前对弟弟孙权说："倘内事不决，可问张昭，外事不决，可问周瑜。"东吴重臣张昭就住在长干里。著名文学家陆机、陆云兄弟也生活于长干里。陆机入晋后曾写过一首《怀旧居赋》，表达自己对故土的思念："望东城之纡徐，邈吾庐之延伫。"这里的"东城"便是越城。东晋重臣颜含，南朝宋武帝刘裕，南朝宋文帝时尚书令何尚之，南朝宋文学家颜延之，五代十国时期南唐大臣韩熙载也都曾居住于长干里。长干里一带还曾经是南京的佛教传播中心。三国孙吴时期，在长干里建有南京最早的佛寺建初寺，长干里也因此被称为"佛陀里"。

古都金陵一向为文人墨客所钟爱,而长干里作为南京的繁华中心地带,自然也成为一个重要的文学意象。除了脍炙人口的《长干行》,崔颢、杨万里、郑板桥等诗人都曾描写过长干里。长干里,不仅仅是南京城发展史上重要的地理坐标,也为文人雅士留下无限的灵感和创作空间,为南京这座城市保存了历史和文化记忆。

长干行·其一

[唐]李白

妾发初覆额,折花门前剧。

郎骑竹马来,绕床弄青梅。

同居长干里,两小无嫌猜,

十四为君妇,羞颜未尝开。

低头向暗壁,千唤不一回。

十五始展眉,愿同尘与灰。

常存抱柱信,岂上望夫台。

十六君远行,瞿塘滟滪堆。

五月不可触,猿声天上哀。

门前迟行迹,一一生绿苔。

苔深不能扫,落叶秋风早。

八月蝴蝶来,双飞西园草。

感此伤妾心,坐愁红颜老。

早晚下三巴,预将书报家。

相迎不道远,直至长风沙。

长干曲(四首)

[唐]崔颢

(其一)

君家何处住,妾住在横塘。

停船暂借问,或恐是同乡。

(其二)

家临九江水,来去九江侧。

同是长干人,生小不相识。

（其三）

下渚多风浪,莲舟渐觉稀。

那能不相待,独自逆潮归。

（其四）

三江潮水急,五湖风浪涌。

由来花性轻,莫畏莲舟重。

长干行

[唐]李白

忆妾深闺里,烟尘不曾识。

嫁与长干人,沙头候风色。

五月南风兴,思君下巴陵。

八月西风起,想君发扬子。

去来悲如何,见少别离多。

湘潭几日到,妾梦越风波。

昨夜狂风度,吹折江头树。

淼淼暗无边,行人在何处?

好乘浮云骢,佳期兰渚东。

鸳鸯绿浦上,翡翠锦屏中。

自怜十五余,颜色桃花红。

那作商人妇,愁水复愁风。

寒食前一日行部过牛首山·其四

[宋]杨万里

出了长干过了桥,

纸钱风里树萧骚。

若无六代英雄骨,

牛首诸山肯尔高?

念奴娇·金陵怀古·长干里

[清]郑板桥

逶迤曲巷,在春城斜角,绿杨荫里。

赭白青黄墙砌石,门映碧溪流水。

细雨饧箫,斜阳牧笛,一径穿桃李。

风吹花落,落花风又吹起。

更兼处处缲车,家家社燕,江介风光美。

四月樱桃红满市,雪片鲥鱼刀鲨。

淮水秋清,钟山暮紫,老马耕闲地。

一丘一壑,吾将终老于此。

长干里

[清] 郑板桥

墙里花开墙外见,篱门半覆垂杨线。

门外春流一派清,青山立在门当面。

老子栽花百种多,清晨担卖下前坡。

三间古屋无儿女,换得鲜鱼供阿婆。

缲丝织绣家家事,金凤银龙供天子。

花样新添一线云,旧机不用西湖水。

机上男儿百巧民,单衫布褐不遮身。

中原百岁无争战,免荷干戈敢怨贫。

文都生活：
文学如何作用于人的美好

第 三 话

周学：近年来，伴随着经济发展和社会转型，人们或多或少地面临着一些负面的心理状态或情绪：抑郁、孤独、焦虑……您曾经很直白地说过，读诗几乎没什么用，诗歌只是一种抚慰心灵的力量、塑造精神的力量、滋养灵魂的力量。当下，我们应该如何从古典文化中获得力量，寻得一方心灵的栖息地？

郦波：当下有一种危机：技术越发展，精神越逼仄，心灵越碎片！当然，这本质上也只是程度上的极端化。早在中国的经典《尚书》里，就有著名的大禹谟，所谓"人心惟危,道心惟微。惟精惟一,允执厥中"。人们越向外追求,内心的无助与混乱就愈甚。而中国文化,尤其是优秀的传统文化,有一个最大的特长,就是可以帮助人寻找到心灵的栖息地,使人获得精神世界的升华。不论是中国传统的诗歌、文学、艺术、哲学,其实大多具有这样的功能。所以在这个时代,作为中国人,如果不了解我们优秀传统文化的精华,那就可谓是入宝山而空返了。

周学:身为一名大学的教授,您的教育理想是效仿陶行知先生,推行大众教育,这也是您这些年频频参加文化类综艺的原因。江苏作为诗歌大省,在您看来,还可以在诗歌教育和诗歌普及方面进行哪些尝试?

郦波:自古而今,江苏就是文教大省。像我们前面提到李白,在诗歌史上有一大类咏史怀古创作专题,就叫"金陵怀古",这一专题创作就是由李白在江苏、在南京开创的。要知道,我们华夏文明本质上是时间延续型文明,而神州大地上无数的城市都是历史文化名城,而中国的诗人尤其喜欢咏史之作,但以城市命名的咏史之作成为诗史上的专题专类的,就只有"金陵怀古",这就非常能说明问题了,窥一斑知全豹,就可知我们的底蕴有多深厚。但底蕴并不代表发展本身,如何去挖掘这些独特的诗歌文化底蕴,并使之与今天的生活、尤其是精神生活，还有当今的城市精神，相吻合，相匹配，乃至水乳交融，使得那些美丽的诗词文化成为今之国人的精神滋养，这就是如今的文化使命所在了。至于可做的尝试，应该有很多，但需要全社会的合力，这样才能做到"润物细无声"，也就是真正的薪火相传、文明传承。

学人荐书 《唐诗简史》

《唐诗简史》
郦波 著
学林出版社

所谓"举贤不避亲",我向大家推荐《唐诗简史》,这本书曾获"中国好书"入围奖。这本书中,我秉承一个人、一首诗、一种人生、一部大唐的思维逻辑将唐诗进行了线性的梳理。对于喜欢唐诗的读者来讲,这本书虽然通俗易懂,但其中运用的考据训诂、知人论世的解读方法都是非常学术的。阅读这本书,对读者思维方式的训练,相信也会是有所裨益的。

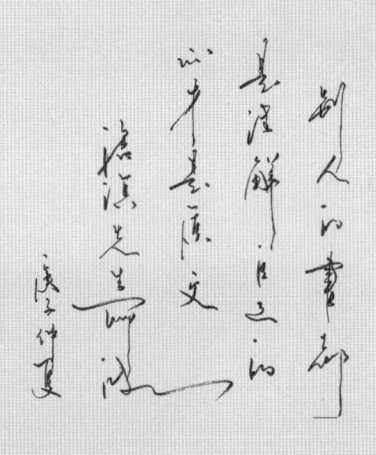

别人的书都是注解，自己的心才是原文。

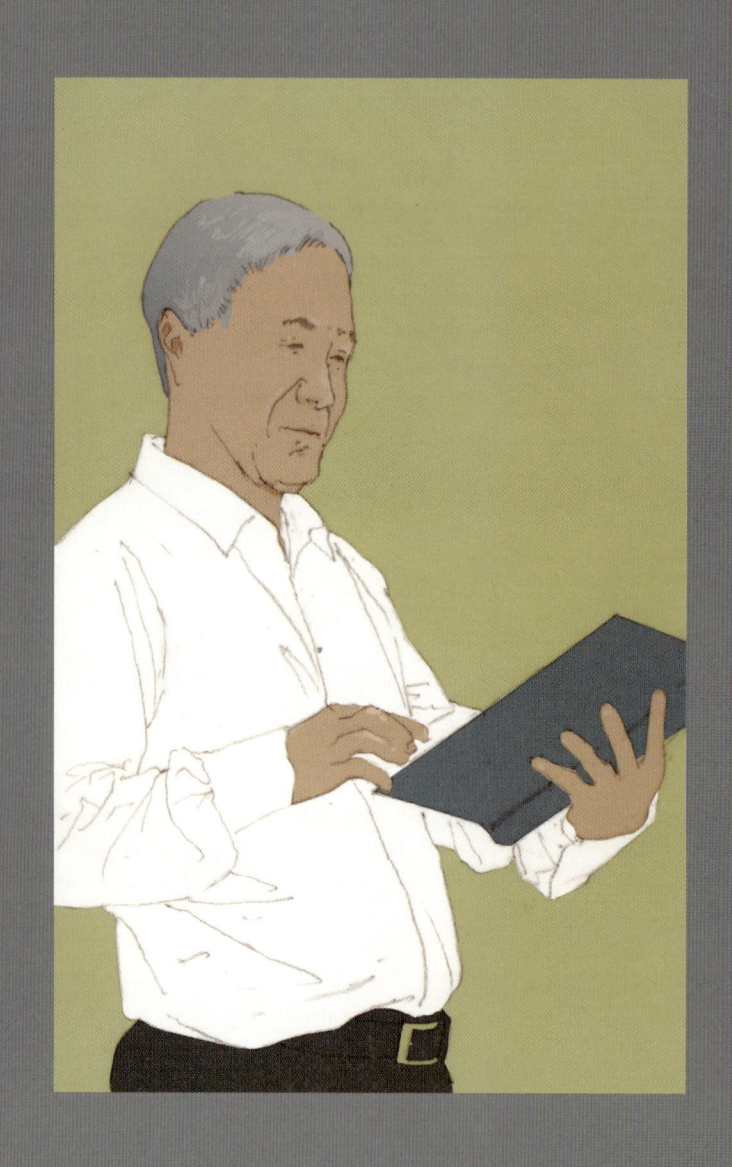

卢海鸣

南京出版传媒集团总经理、党委副书记，南京出版社社长。1964年9月生，史学博士，编审，享受国务院政府特殊津贴专家，中宣部文化名家暨"四个一批"人才，南京历史文化专家。江苏省"五个一批"人才，江苏省新闻出版行业第二批领军人才，江苏省"333人才"（第二层次），江苏首届名编辑。作品有《六朝都城》《南京民国建筑》《南京历代名号》《南京历代运河》《南京文化概览》等。

周学手记

南朝萧家的石辟邪越过千年的风蚀,安详温顺了许多,静伫初夏的问候。台城的柳,摇摆在暮春的风里,无须问是不是新栽的,或是谁栽的。中山陵里的梧桐树大道,犹如森然可畏的仪仗换了新装,在迎接谁的检阅。窗外的雨,踩着四三的拍子,缠绵了一个夜晚,兴致未衰。川流不息的车驶过雨水,一潮复一潮,让疫情后的旧都重又回到烟火人间。

谷雨后三天,第27个世界读书日,友人在微信朋友圈里喟叹,对于读书人而言,每天都是读书日。此话当然不虚。读书节,我想,既是开放的,也是抵达的,是提醒,也是鼓励吧。我下意识地梳理了一下自己最近在读的书,有的依然懒洋洋地定格在上一次翻开的角度,有的是朋友寄来的还未来得及拆封。"一日不读书,便觉面目可憎",

想着古人的话，惭愧之余，倒是生出一些新的想法。譬如，我们吃进肚子里的那些食物转化成了什么？嗯，为生存蓄能。那，那些读过的书，又去了哪里？那个因诗书而溢出的气韵，或内涵，之于一个人、一座城，又到底是什么呢？

从"天下文枢"到"世界文学之都"，2500年的建城史中，南京形成了丰厚的历史积淀和独特的地域文化。长期以来，有关南京的文学书写和历史研究成果层出不穷，但在卢海鸣看来，"学界对于南京优秀传统文化尚缺乏全面、系统、深入的研究，南京文化的精髓尚未得到充分的挖掘、整理和弘扬"。在"北京学""西安学""洛阳学"等古都的城市学研究的映照下，确立"南京学"作为一门独立学科体系，已刻不容缓。

在这样的现实和文化背景下，近年来，南京的一批专家学者以家国情怀和全球视野为出发点，创立了一门独立的地方学——"南京学"。2020年，在中共南京市委宣传部的指导下，南京市社科联（南京市社科院）、南京出版传媒集团（南京出版社）和南京城市文化研究会共同策划了《南京学研究》系列丛书。《南京学研究》的推出，标志着"南京学"作为一门独立的学科正式成立，开创了历史，结束了此前南京研究"有史无学"的局面，同时合理地建构了地方问题的研究体系。

《南京学研究》由南京市社科院院长曹劲松和南京出版社社长卢海鸣共同主编，第一辑共收入了25位专家学者的24篇文章，分为"'南京学'纵横谈""考古发现与文化遗产""古都历史与景观变迁""历史名人与地域文化""文献档案与出版研究""《金陵全书》专栏"六个板块，涉及南京的自然历史、地理、人文、社会、文化、文献等多个方面。截至2022年6月，《南京学研究》已经出版了五辑，这也标志着"南京学"的发展和壮大。

作为《南京学研究》的主编之一、也是最早呼吁建立"南京学"体系的学者之一，卢海鸣认为"南京学"这门独立学科对南京文化乃至中华优秀传统文化的发扬光大都具有重大的意义："在党中央、国务院大力倡导传承弘扬中华优秀传统文化的背景下，以家国情怀和全球视野为基点，创立一门独立的'南京学'学科体系，聚合各界力量，整合学术资源，提升南京文化的研究高度，拓展南京文化的研究广度，加大南京文化的研究深度，增加南京文化的研究温度，彰显南京文化的独特魅力，是南京的现实需要，更是传承弘扬中华优秀传统文化，为中华民族伟大复兴提供历史借鉴、精神动力和智力支持的应有之义。"

面对过去、立足当下、放眼未来，作为一门成立不久的学科，"南京学"接下来的研究方向和重点在哪里？《南京学研究》的另一位主编曹劲松认为，"南京学"研究还将经历一个比较长的探索过程，下一步需要在四个方面进行探索："第一，发现南京的价值。从文明价值角度探寻南京历史建构的过程，寻找价值线索。第二，揭示南京发展规律。寻找价值的过程，也是反映历史建构的过程，要把历史逻辑的脉络更加清晰地呈现出来。第三，增进民生福祉。怎样让南京这座城市的发展更有活力、更有后劲？

需要做一些文化场景方面的建构和研究。第四,构建城市之魂。'南京学'研究要增强南京人的文化自信。"

南京文化

对话 | 周学 × 卢海鸣

南京：中国唯一跨越江南江北的古都

第一话

周学：如果将城市比作一个文化的容器，我们会发现文化滋养了文学，文学也承载了文化。通过文学能够看到历史中文化的变迁，2020年，您与曹劲松先生联合主编，推出了《南京学研究》。《南京学研究》这本书的主要内容是什么？这本书有着怎样的文化价值和现实意义？

卢海鸣：中国的四大古都：北京、西安、洛阳、南京。然而，北京有"北京学"，西安有"西安学"，洛阳有"洛阳学"，南京在专门的城市文化研究方面却缺席了。南京拥有2500年的建城史，作为一座历史悠久的文化名城，"南京"两个字本身就很值得研究。

在2500年的历史风云中,南京经历了自然的发展、历史的变迁、文化的兴衰起伏。作为文化学者,我们如何对南京进行全面、系统、深入的了解、挖掘、整理乃至弘扬?让我们的研究成果服务当下,同时为南京未来的城市规划以及发展提供决策依据,这是曹院长和我一直在思考的一个问题。经过长期的思考,我们觉得南京作为四大古都之一,在城市研究方面需要后来居上,应该建立南京城市研究的学科独立性。我们的倡议得到了南京众多专家学者的赞同。在这样的背景下,我们建立了"南京学"的研究体系,出版了《南京学研究》这本书。

南京学研究,主要的研究对象包括南京的自然、南京的历史、南京的社会等,它是一门综合性的学问。对南京这座城市的研究,不是一代人可以完成的,需要一代又一代的学人,进行前赴后继、持之以恒的研究,才能够更好地展现南京这座古都的历史风采以及当代贡献,也为南京未来的规划和发展提供一个基于历史文化研究的方向。

周学: 您是学者型的作家,也是专家型的文化领导,在学科架构、体系梳理、编著出版的过程中,从一个学者的角度出发,您最大的收获是什么?

卢海鸣:在编著出版的过程中,关于南京文化,我们确实有了很多新的收获。最大的一个收获是,南京是中国唯一跨越江南江北的古都。从公元前475年战国伊始到公元1368年明朝建立的1800余年间,南京是一座地道的江南城市,南京是依偎秦淮河、拥抱秦淮河而成长发展起来的,可以说这是一个"秦淮河时代"。明朝之后,南京开始奔向"长江时代",南京管辖范围或者说南京市的主城区跨过了长江。到了清朝末年,1899年南京正式对外开放之后,南京就进入了拥抱长江的时代。从秦淮河时代,到走向长江时代,再到现在的拥抱长江时代,我们能够发现,南京是中国唯一跨越江南江北的古都。武汉、重庆、芜湖虽然都是跨江的城市,但它们不是古都,南京是跨越江南和江北的古都。在从事南京学研究之前,还没有人发现过这一点。

周学:可以说,在历史的长河中,南京是驾驶一支舟楫,在秦淮河中行驶,依秦淮河发展,之后,逐渐便驶入了长江,依长江发展。

卢海鸣:南京的建城史始于公元前472年,越王勾践命范蠡筑越城,距今已将近2500年的历史。建城的第一座城

池在秦淮河南，靠近秦淮河的入江口，也就是今天中华门外的西街一带。楚国灭亡越国之后，公元前333年，楚国在与越城一水之隔的石头山，也就是今天国防园和清凉山公园一带，建立另一座城池：金陵邑。金陵邑在秦淮河北，同样靠近秦淮河入江口，以长江为天然的军事屏障。秦始皇统一中国后，秦始皇在南京建立了秣陵县城，位于现在秦淮河的上游，在江宁区的秣陵街道境内。

从越国、楚国再到秦汉时代，南京的城池建立都在秦淮河的上游或下游。到了三国末年，公元229年，吴大帝孙权在武昌（今湖北鄂州）称帝，后来迁都建业，此建业并不是秦淮河上游的秣陵县城（原建业城），而是在秦淮河下游"V"字形河段的北岸重新建造的一座周长约3500米的都城建业，由此形成今天的南京主城区，1800年来始终未变。南京依偎在秦淮河的环抱里，创造了璀璨的六朝文化，成为著名的"六朝古都"。

但是，明代建立以前的南京历代政权，南京城的范围始终未越过长江一步。从明代开始，南京的辖区第一次越过长江，成为跨江而治的城市。南京由此成为中国唯一的跨越江南江北的古都，同时也成为长江流域乃至整个南方地区唯一的统一王朝的都城。

周学：秦始皇将"金陵"贬称"秣陵"，凿开方山，引淮水过金陵。整个秦汉时期,南京就一直静静地落在秦淮河边,沉寂了四百多年。一直到了东吴大帝孙权,"宁饮建业水,不食武昌鱼"。从孙吴时期到孙中山先生的《建国方略》,都有关于南京依托秦淮河、长江进行城市建设发展的规划。研究的过程当中,您是否有关于这方面的新发现?

卢海鸣:孙权开创了南京的建都史,而孙中山在南京结束了2000多年的封建帝制,建立了资产阶级的共和国。关于南京依托秦淮河、长江进行城市建设发展的规划,他们也的确都有自己的看法。

在孙权称帝前,孙吴的政治中心在京口(今镇江),在为迁都找理由时,孙权看中了秦淮河可以作为水军基地的优势。据《三国志·吴书·孙权传》记载,孙权说:"秣陵有小江百余里,可以安大船,吾方理水军,当移居之。"229年,吴大帝孙权在此建都,改秣陵为建业,南京从此崛起。从此,中国的政治中心走出黄河文化板块的格局,并引领了长江流域及整个中国南方地区的发展。关于孙权建都南京,还有一个故事。三国时期,蜀汉的政治家、军事家诸葛亮受刘备之托出使东吴,觐见孙权,联吴抗曹。在前往镇江的过程中,他经过了南京城西的石头山(今清凉山),他登上石头山,眺望南京城,感慨道:"钟山龙盘,石头虎踞,真帝王之宅地。"也就是说钟山如蛟龙蜿蜒蟠伏于东南,石头山似猛虎雄踞于西部,南京是一个定都的好地方。

民国时期,孙中山定都南京时,将长江作为一个可以利用和开发的资源。他在《建国方略》中指出,南京下关地区可以进行重点开发。孙中山先生还提出要把八卦洲和江心洲建成南京的商业中心和巨轮停靠中心。这是南京历史上最早的关于长江的顶层设计,"南京为中国古都,在北京之前,其位置乃在一美善之地区,其地有高山,有深水,有平原,此三种天工,钟毓一处,在世界中之大都市,诚难觅此佳境也。南京将来之发达,未可限量也"。

青春书店在武定门的登城口

延伸阅读
历史上那些南京的名号

金陵、江宁、建业、建康、集庆、应天、天京……在南京近2500年的建城史中,曾经产生过70多个名号。南京的名号变迁史,也是一部南京城市发展史,体现了南京非凡的历史地位和深厚的文化底蕴。南京历代名号的背后,有着怎样不为人知的故事?

秣陵

公元前210年,秦始皇第五次巡游,途径金陵。随行的术士精通风水，见金陵四周山势峻秀，地形险要，认为南京有王气。秦始皇一向迷信方术和方术之士，便决定镇压金陵的王气。他听取术士的建议，开凿方山，引淮河水流贯金陵，这样"王气"不能聚集，随同流水泄散。他又将"金陵"改名为"秣陵"，"秣"是喂牲口的草料，意即这里只是养马场。

江宁

西晋王朝立国中原，定都洛阳。西晋王朝的统治者以洛阳为中心，视长江以北为"江内"，江南地区为"江外"。因江南地区曾经出现过与中原王朝抗衡的孙吴政权，西晋王朝的统治者深感忌惮，统一江南后，便用含有贬义的"秣陵"取代原来的"建业"之名，并且分出秣陵县一部分设置江宁县，即希望这片统治地区获得安宁，"以江外无事，宁静于此，因置江宁县"。江宁作为南京历史上重要的名称，影响深远。南京简称"宁"，就是因江宁而得名。

南京

在中国历史上，"南京"曾是一个描述性的地名，很多朝代都有"南京"。唐朝的"南京"是四川成都，杜甫《梅雨》中"南京犀浦道，四月熟黄梅"中的"南京"，就是成都；宋代的"南京"是河南商丘；辽国的"南京"是幽州，即现在北京附近。

1368年，朱元璋称帝，国号大明，定都南京。大明王朝的都城南京，是我国历史上最后一个以"南京"命名的城市。明朝定都南京，开启了统一王朝在南京建都的先河，具有非同寻常的意义，南京从此不再仅仅是短命王朝和偏安王朝的都城。从明太祖朱元璋开始，先后有建文帝朱允炆、明成祖朱棣三位皇帝在南京定都，历时54年。

金陵文化还是南京文化？

第二话

周学：您一直专注于南京历史文化的研究，2016年，出版过一本《南京历代名号》，将2500年以来，南京历代使用过的名号按照其来源、等级、使用频次、隐含寓意一一进行梳理，非常翔实。很多人可能会有疑问，我们常常谈到北京是"京派文化"，上海是"海派文化"，广东是"岭南文化"。谈到南京，到底应该用"金陵文化"还是"南京文化"更合适呢？

卢海鸣：其实除了你所提及的金陵文化和南京文化，我们南京学术界以及民间，对南京文化还有许多说法：钟山文化、秦淮文化、古都文化、石头文化、清凉山文化等，可以说是五花八门，缤纷多姿。

在所有的称呼中，影响力最大的还是金陵文化和南京文化，我个人认为还是南京文化最能代表南京这座城市，其中有很多的原因。首先，让我们比较一下"金陵"和"南京"两个名称的来源。

关于"金陵"的来源，有很多记载。第一种说法，南京紫金山过去叫金陵山，相传楚威王熊商听风水大师说，"金陵有王气"，风水先生支招，可以埋青铜来镇王气。《景定建康志》记载："周显王三十六年（公元前333年），楚子熊商败越，尽取故吴地。以此地有王气，因埋金以镇之，号曰金陵。"从某种意义上来说，"金陵"并不是一个褒义词，充其量是一个中性名词，并且具有一定楚文化的色彩。第二种说法，南京的地脉与华阳金坛的丘陵相连接，唐《建康实录》说："楚之金陵，今石头城是也，或云地接华阳金坛之陵，故号金陵。""金"就是金属、就是青铜，南京地区乃至江南地区都是产铜的。南京江宁区有一个铜井镇，安徽的铜陵被称为"铜都"，都可以证明江南产铜。这是关于金陵的起源以及这个称谓本身的内涵。

"南京"这个称谓缘何而来？1368年9月13日，朱元璋于南京建都称帝，把应天府改名为"南京"——南方的京城。同时将开封确立为"北京"——北方的京城。1398年，朱元璋死后,他的四子朱棣从侄儿朱允炆手中夺取了政权,于1420年迁都北平,就是现在的北京。也形成了南北两京并存的局面。

为什么我个人认为"南京文化"更能够代表南京这座城市?首先,因为明朝的南京是南京历史上的第一个大一统王朝的都城。更重要的是,"南京"这两个字在今天仍然是一个"京字招牌",除了首都北京,也只有南京保留了"京"字,其他城市是不能用的。从这个意义上来说,南京文化最具有代表性,最能代表南京这座城市,更加大气磅礴,更具有包容性。这不仅是从地域层面上而言,更是从精神层面上来说的。

反观"金陵","金陵"两个字,不管它的来源是哪一种,更能体现的是南京是一座江南城市。"江南佳丽地,金陵帝王州。""芰荷声里孤舟雨,卧入江南第一州。"金陵意味着江南,不能够包含今天南京文化的全部内容。而南京文化可以说是无所不包,也可以与京派文化、海派文化,刚才说到的广府文化、岭南文化并驾齐驱,成为中国四大古都当中著名的文化符号之一。

周学: 我注意到您为世界文学之都建设提了8条建议,在这份建议清单当中,您最关切的是哪一个方面?

卢海鸣：这8条建议中，出版是一个重要的内容。南京申报"世界文学之都"成功之后，南京出版社启动了"文学之都"系列丛书的出版计划，共确定为四大板块：一是经典文库，着眼于挖掘、整理弘扬中华优秀传统文化，收录的作品均是中国历史上的经典之作，每一部作品均有着鲜明的"南京元素"，即南京人写的、在南京写的（或刻印的）、内容是写南京的。二是经典译丛，专门收录历史上国外专家学者、传教士、商人、军官等撰写的有关南京历史文化的作品，从他者的视角展示南京在历史上的地位，在国内外的形象。三是当代文库，收录了1949年以后，当代的文学家发表的关于南京的作品，或是在南京撰写的具有代表性的作品。四是青少年读本，采用图文并茂的呈现方式，用通俗易懂的语言向青少年读者讲述古都南京的故事。

南京是中国著名的古都，具有深厚的历史底蕴。城市筑成文化、发展文化，更重要的是创造文化。创造文化的根基在哪里？首先要对南京的文化有最基本的梳理和了解，在这个基础上，才能够夯实创造文化的根基，为南京文化、为中国文化走向世界，做出我们应有的贡献。

延伸阅读

南京出版传媒集团：用心讲述"文都"

2020年12月22日，一家全新的书店在南京市玄武区太平门街53号南京出版传媒集团一楼正式拉开帷幕。这家"文都书店"由著名作家叶兆言题名、著名设计师陈卫新操刀，是南京入选"世界文学之都"后，南京出版传媒集团（南京出版社）打造的以南京历史文化书籍为重点的主题书店，也是全国第一家以"南京"为主题的城市书店。

据了解，文都书店的图书围绕"文献档案、词典图录、学术研究、大众普及、文化教育、文创产品"以及"主题出版"七大板块陈列。书店还主办了以"万物复书——2022共读文都计划"为主题的南京文化图书公益导读活动,通过名家导读、线上直播、线下讲座等形式,与读者朋友们共读近年来南京出版社推出的南京文化精品图书。宣传南京文化、推广文学之都品牌,文都书店也因此被南京市文学之都促进会授予"城市文学客厅"的称号。

在文都书店的醒目位置,有一整面墙摆放着南京出版传媒集团(南京出版社)出版的历史长卷《金陵全书》。《金陵全书》是距今600多年前明朝中央政府在南京编纂《永乐大典》以来,南京地方政府对南京文献的首次系统编纂整理。同时,也是南京自行组织编纂的最大规模的出版工程。《金陵全书》分甲、乙、丙、丁四编,其中甲编包含历代通志、府志、县志、专志;乙编和丙编分别是以南京为主题的史料、历史档案;丁编是南京人写的作品或编写、刻印于南京的作品。截至2022年3月底,《金陵全书》已出版307册,计划在2028年南京建城2500周年之际出版约500册。

《金陵全书》只是南京出版社专注于"南京文化"出版的其中一项成果。近年来,在学者型社长卢海鸣的带领下,南京出版社出版了一系列南京地方文化的系列丛书,除了"文学之都"系列丛书,还有"品读南京"丛书、"南京稀见文献丛刊"、"六朝文化丛书"、"明朝文化研究丛书"、"侵华日军暴行史研究"丛书等。

"品读南京"丛书是一套开放式的图文结合的通俗读物,以分篇叙述的形式,逐一推介1949年以前、具有鲜明南京地方文化特色、又有国际影响力的历史文化"名片"。丛书以全新视角和构架,运用最新的研究成果,点、线、面结合,全方位、多角度地重现南京历代文化脉络。既有《读南京》全面展现南京历史文化全貌;又有名号、名著、名居、陵墓以及经典诗词、书画等分册,一一展现历代南京在各个领域创造的灿烂文明成果。"南京稀见文献丛刊"是一套以挖掘、整理、弘扬南京优秀历史文化资源为宗旨的地方文献类丛书,题材包括诗文、书信、游记等,它为读者了解南京、研究南京提供了第一手的资料。

南京出版社成立以来,有400多种图书荣获各级各类图书奖项和国家出版规划项目等。《中国南京云锦》荣获2004年第十四届"中国图书奖";"中国现代化丛书"、"六朝文化丛书"、"明朝文化研究丛书"、"抵御外侮——中华英豪传奇"丛书、"侵华日军暴行史研究"丛书等入选国家重点出版物出版规划项目;"南京大屠杀数字档案馆、数字图书馆、数字宣教馆及数字出版一体化平台""'信仰的力量'——雨花英烈互联网课堂、数字文创出版及VR体验一体化平台",分别于2016年和2017年入选国家新闻出版广电总局"改革发展项目库"。此外,《南京大屠杀死难者国家公祭读本》(小学版、初中版和高中版)、《璞石成玉的秘密——孩子们心中的社会主义核心价值观》、《问道——中学生心中的社会主义核心价值观》、《我们的节日——小学生读本》等主题出版物进入江苏省中小学课堂。2013年，南京出版社荣获首届江苏省新闻出版政府奖"先进新闻出版单位奖"；2015年，被江苏省新闻出版广电局授予"全民阅读先进单位"称号。

　　文学之都、文脉悠长。在那些厚重的作品以及显赫的名字之外，正因为有了像南京出版社这样的出版单位以及众多踏实的编辑，才让南京那些为人所称道的文化成就得以呈现于世人，他们一同织就了南京的"锦绣文章"。

学人荐书 《南京学研究》

《南京学研究》
曹劲松　卢海鸣　主编
南京出版社

这是一套关于南京历史、自然、文化的综合性专著。这套书不仅研究南京的过去，而且关照南京的现在，更重要的是，为我们未来的南京建设和发展提供了很多理论性的依据。

南京是一座让人一见钟情的伟大城市

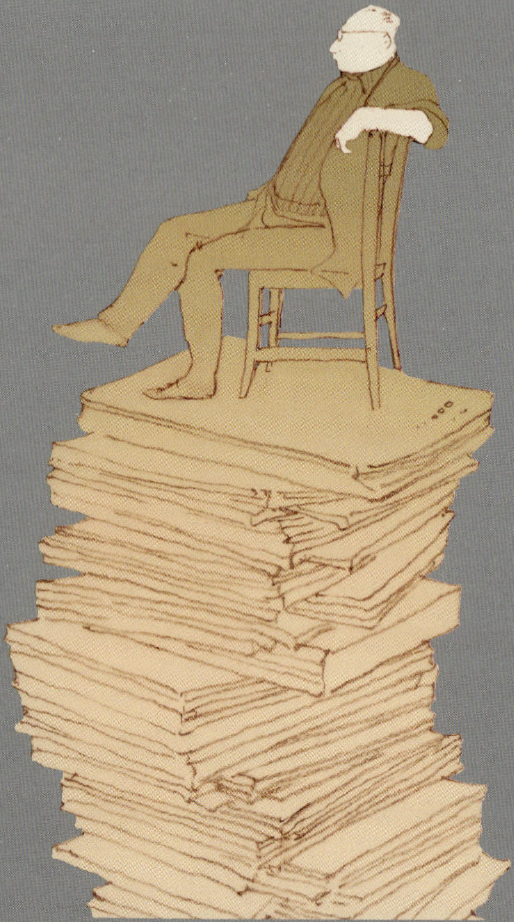

薛 冰

江苏省作协原专业作家,现任江苏省地方志学会常务理事。著有长篇小说《城》《盛世华年》,书话集《旧书笔谭》《古稀集》,文化随笔集《家住六朝烟水间》《漂泊在故乡》《拈花意》及专著《南京城市史》《秦淮河》等六十余部。

周学手记

爱书、藏书,大抵是一个写作人的本分,如同庄稼人喜欢捣饬手里的农具,寄托着对泥土的眷恋。坚持写作的说辞,于薛冰而言,似乎不太公道。坚持,总有负累感,他是快乐的;总有目的性,他是纯粹的。

作家薛冰的写作绝不拘泥于一两个题材,就像他所推崇的文人典范李渔,薛冰也是一个爱好广泛的人。历史文化、版本古籍、花笺书札、钱币票据、民歌花艺等,因写而搜罗,再搜罗而作。如同烹制之前的选材备料,写《拈花》,先要翻阅百本以上与花艺相关的书;一本关于古钱币的书,背后则是一千多种钱币文化的研究书籍。两万多册藏书是薛冰的家底,垛满了整个房间,这些藏书与薛冰朝夕相处,既是薛冰的口粮,也是他的"心病"。治病需要"药引子",写作亦然,这些"文学引子"未来的归宿,在对谈中第一次触及，带给我的，又何止是启发。

或许，文字体量的占比，选题的聚焦也能够从一个角度说明他对这座城市热爱的程度。薛冰写了很多与南京历史文化有关的书籍。他在《南京城市史》中反思近百年间历次现代城市规划实践的得与失，探索历史造就的文化名城如何进行再度建设；在《漂泊在异乡》中书写个人对于南京城的深切情感，散布于南京城的东南西北的地标，每一处都与作者特定的人生阶段紧密相关，而对每一处的记述也都打上了个人记忆和相关历史的烙印。"金陵薛冰"，是他的文学地理标识，也是他的微信身份名称。

南京记忆

对话 | 周学 × 薛冰
李渔：薛冰理想中的文人典范

第 一 话

周学：非常期待与您的对话。我曾经假想过无数的对话场景，您是读书人、是藏书人、是著书人，比如在书店对话，因为您爱书，且有两万多册藏书；我们可以选择在南京的颐和路，因为您长期关注南京城市建设，特别是重要的历史遗存保护；我们也可以漫步在秦淮河边，因为那里南京的故事最多。但您偏偏选在了芥子园旧址。

薛冰：南京有很多文学遗址，芥子园旧址应该是现在复建得比较理想的一个，还有一个原因是芥子园主人——李渔，是我在南京历代的文学家里比较喜欢的一个人。

谈到李渔，他最广为人知的成就是编纂了《芥子园画谱》，学中国画的人都是从学习《芥子园画谱》入手的。其实，李渔的成就是多方面的，比如说他写小说、写诗歌、写昆曲。他不仅亲自撰写剧本，还亲自招演员、做导演，带着一个戏班子到处演出。同时，他还做出版，他所主持的芥子园书铺印了很多书。他还会造园林，南京芥子园便是李渔亲自设计、亲手建造的。李渔还是中国文学史上重要文学理论家、美学家，他所著的《闲情偶寄》是中国美学史上的经典著作。

周学：李渔确实是一位大全才。如果我们仅仅聚焦于他的文学天分，那就太过单薄了。其实李渔也是一个极具商业才能的人，他可以算是中国文创第一人。

薛冰：一方面，他出版了很多精深的文学作品，另一方面，他也出版了很多相对通俗的书籍，比如《笠翁对韵》。《笠翁对韵》是一本用来熟悉对仗、用韵、组织词语的启蒙读物，"天对地，雨对风。大陆对长空。山花对海树，赤日对苍穹"。这种普及读物的需求大，再加上芥子园书铺刻印的质量好，所以《笠翁对韵》在当时的销量非常好。

从李渔策划制作《芥子园笺谱》，我们也能看出他极具商业天赋。笺谱既有作信纸用的实用价值，又可供艺术欣赏，

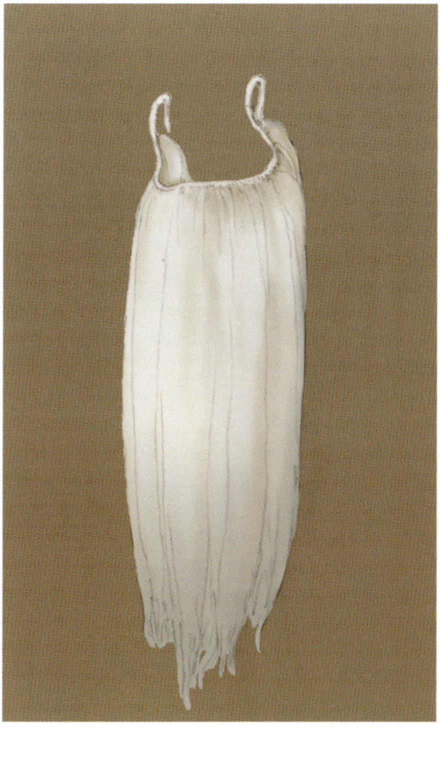

是过去文人墨客交往必备之物。李渔敏锐地察觉到了社会需求，并凭借自己出色的审美做出非常受欢迎的诗笺花样。

周学：李渔在中国文学史上的成就是大家达成共识的。我在翻阅相关资料的时候发现，三百年来集聚在李渔身上的标签很多，比如，有人说他是生活家，有人说他是美学家，还有人说他是享乐家。但有一点可以肯定，他是一个无比热爱生命的人。

薛冰：我们今天经常讲精致生活，我觉得李渔可以算是精致生活的"鼻祖"。南京的冬天是比较冷的，现代人可以开空调，但古时候没有空调。李渔就自制了一种可以取暖的椅子，当时李渔使用的是太师椅。太师椅底下有一个格挡，他就放置了一个炭盆在椅子下面。坐下的时候，脚就放在暖盆上面了。冬天坐在椅子上，有火烤着，吟诗作赋，可以坐上一天。其实这个椅子的制作也没有多么复杂，但在明末清初的时候，李渔能够想到并用到生活中去，应该说是对生活非常讲究的。

周学：您刚才讲述的过程中，我就一直在琢磨，为什么要选择芥子园旧址作为对谈的地址？为什么您对李渔如此倾慕？您在七旬之年出了70本书，书籍内容涵盖的门类非常广泛：城市建筑、民歌谣、古籍版本、古钱币、笺纸、戏曲、插花、美食，等等。可见您也是一位像李渔这样爱好、涉猎非常广泛的文人。

薛冰：所以我对李渔有深切的认同感。我认为文人不应该是一个枯燥的人，不是只会爬格子、写稿子的人，如果写作的内容仅仅是一些个人的生活感受，这是很狭隘的。一个文化人的修养应该是多方面的，你的修养越广阔，你的基础就越丰厚。

延伸阅读
李渔与南京芥子园

> 李渔(1611—1680年),明末清初文学家、戏剧家、戏剧理论家、美学家。素有才子之誉,世称"李十郎"。原名仙侣,字谪凡,号天徒,后改名渔,字笠鸿,号笠翁,别号觉世稗官、笠道人、随庵主人、湖上笠翁等。金华兰溪(今属浙江)人,生于南直隶雉皋(今江苏省如皋市)。李渔自幼聪颖,擅长古文词。崇祯十年(1637年),考入金华府庠,为府学生。入清后,无意于仕途,移居杭州。后移家金陵,筑"芥子园"别业。

杭州生活期间,李渔以旺盛的创作力,创作出了《怜香伴》《风筝误》《意中缘》《玉搔头》等六部传奇及《无声戏》《十二楼》两部白话短篇小说集。随着作品不断问世,"湖上笠翁"成为家喻户晓的文坛新秀。因为作品广受好评,一些不法书商私刻翻印李渔的作品以牟取暴利,尤以金陵为盛。同时,六朝古都南京山水风光秀丽,历史积淀深厚,文化氛围浓郁,是中国传统文人理想的生活栖息地之一,金陵同样也深深地吸引着李渔。

清初康熙元年(1662年),李渔干脆从杭州迁居南京,方便与盗版书商交涉,维护自己的著作权与收入。李渔到南京之后,最初居住在明代中山王徐达后裔"东园"故址旁的金陵闸一带;又因为十分仰慕六朝名士周处,随后便在城东南隅的"周处台"附近,买了一块地,亲自设计、建造私家园墅——芥子园,取佛经中的"须弥藏芥子,芥子纳须弥"之义。

金陵芥子园"占地不及三亩,屋居其一,石居其一,榴之大者复有四五株。入园即有假山一座,园内房屋有两进"(《闲情偶寄》),其中还建有浮白轩、来山阁、月榭、歌台等,茅屋板桥,互为映衬,相得益彰。正如李渔自己在《闲情偶寄》中所记述:"小山一座,高不逾丈,宽止及寻,而其中则有丹崖碧水,茂林修竹,鸣禽响瀑,茅屋板桥,凡山居所有之物,无一不备。"在这样一处世外桃源中,李渔迎来了自己著述创作的黄金时期。在芥子园,他完成了《无声戏》《十二月楼》《闲情偶寄》《笠翁对韵》等大量著述。

正是在寓居金陵期间,李渔主持成立了自己的戏班。《闲情偶寄》开篇即是"词曲部"和"演习部",足见李渔对于戏曲艺术的痴迷。在"李家班"中,李渔身兼数职,既是编剧也是导演,淋漓尽致地展现了自己的才华。他在"演习部"中强调,一出好的戏曲,首先要有好的剧本,"吾论演习之工而首重选剧者,诚恐剧本不佳,则主人之心血,歌者之精神,皆施于无用之地。使观者口虽赞叹,心实咨嗟,何如择术务精,使人心口皆羡之为得也"。在"声容部"里,李渔也传授了自己选人定角儿的标准:"喉声清越而气长者,正生、小生之料也;喉音娇婉而气足者,正旦、贴旦之料也,稍次则充老旦;喉音清亮而稍带质朴者,外末之料也;喉音悲壮而略近噍杀者,大净之料也。"编剧、度曲、正音、调教、排戏……文化艺术兴盛的金陵所给予李渔的一方天地,使得全才李渔如鱼得水,大展风采。

与此同时,芥子园也成为金陵文人学士谈文说艺的"艺术沙龙"。依托于强大的作者队伍,李渔也自然而然地做起了出版商,芥子园成为李渔跨向文化商人的重要基地。他主持创办了芥子园书铺,出版了一系列图书,其中有自己的心血之作,有历代名著《水浒传》《三国演义》等,也有一些通俗读物。李渔靠才情出众、见解新潮,所出书籍的选题既适应官方要求,又符合读者趣味。随着一批批畅销书的问世,南京"芥子园"的名气一时无两。

《芥子园画谱》,学习中国画的必读书籍之一,便是在李渔的支持下由芥子园书铺出版的。李渔的女婿沈心友,家里保存有明代画家李流芳的课徒稿(指画家平时的绘画作品,类似于草稿)43幅。沈心友邀请当时的山水名家王概加以整理和增编,增加至133幅,并附临摹古人各式山水画40幅,作为初学者的启蒙性画谱。这部分作品在李渔的协助下,于康熙十八年(1679年)套版精刻成书,于是就用了"芥子园"的名义出版。这就是《芥子园画谱》第一集。《芥子园画谱》自300多年前出版以来,不断拓展出新，康熙年间的"王概本"、光绪年间的"巢勋本"为世人学画必修之书。近现代的一些画坛名家如黄宾虹、齐白石、潘天寿、傅抱石等，都将《芥子园画谱》作为进修的范本。

南京气质:包容性强,兼收并蓄

第 二 话

周学:"金陵薛冰"是您的微信名,守望旧金陵与新南京,为城市保护仗义执言,已然超出了写作人的本分。为文学而文学,总是孱弱的,文学应该有力量,有爱。您之所以成为一个身份多元的文化学者,与本土,这座您长于斯、学于斯的城市有着密切的关系。南京这座城市有着包容性强、兼收并蓄的文化特质。

薛冰:由于南京的包容性强,兼收并蓄,所以南京的城市文化格外丰富。南京这座城市的文化丰富程度,是其他城市无法比拟的。南京的历史是从越城开始的,拥有2500年的建城史。实际上南京历史还要更长一点,差不多应该有

3000年。越城位于秦淮河与长江的入江口，处在一个交通枢纽上。最早的南京土著居民选择在这个位置建城，这就说明他们是向外发展的，最初的南京文化就保持了一种对外开放的状态。

还有南京的史前文化——"湖熟文化"，也是一种开放类型的文化。湖熟文化是中国江南地区的史前文化，因发现于南京市江宁区湖熟街道而得名。湖熟文化的范围非常广泛，已知的地理范围就有4000平方公里。不只是在江南地区，其文化的影响范围越江而北、顺江而下。湖熟文化同样也受到周边文化的广泛影响，比如东边的吴文化、西边的楚文化、中原文化、北面的岳石文化，在吸收了种种外来文化的影响之后，又兼容并蓄，同时保持自己文化的独特面貌。

周学：谈到南京的包容性，您曾用"与生俱来"四个字来形容。与生俱来，是自然禀赋。溯源南京城市的起点，我们会发现其地理坐标具有先天的优势，但终究是人造城，城聚人。兼容并蓄的文化特质孕育于此，地理生发人文；反过来，人文滋养了地理，从而形成自身的文化面貌。

薛冰：比如说南京的六朝时期，我们经常提到南京是"六朝古都"。早在东吴的时候，执政者就曾经派出使团到东南亚，走访了几十个国家,了解了一百二十多个国家,这些事迹都有文献留下来。东晋南朝的两百七十年,史书中有记载的外国使节来访南京的事迹,就有一百二十多次。这么大规模的对外交流,在中国的其他城市,尤其是其他古都中是没有的。

李渔寓居于芥子园时,是其创作的黄金岁月

延伸阅读
东吴时期海外交流的盛况

东汉末年,孙权将政治中心迁至秣陵(今南京秣陵关一带),次年在金陵邑城址修建石头城,并取"建功立业"之意改称"建业",开创了南京建都的历史。也正是在东吴时期,孙权充分利用沿海优势和当时先进的航海技术,开启了海外交流的先河,促进了经济文化的交流及海外贸易的兴盛。

出于同曹魏、蜀汉在长江上作战的需要,也为了开展与海外的交往和通商,东吴积极发展水军,船舰的设计与制造取得了很大的进步,当时东吴的造船业已达到了国际领先的水准。东吴政权在永宁（今浙江温州市）、横阳（今浙江平阳县）、温麻（今福建连江县）等处都设有"船屯"即造船基地，以发展造船业。东吴还专门设置了典船校尉，从各地征募劳工，在船屯开展造船工程。

据史料记载，东吴时期制作的船只高大精美。三国时期东吴人万震所著的《南洲异物志》写道："大者长二十余丈，高出水二三丈，望之如阁道，载六七百人，物出万斛。"北魏地理学家郦道元《水经注·江水》引东晋人庾仲雍所著的地记作品《江水记》："樊口之北有湾，昔孙权装大船，名之长安，亦曰大舶，载坐直之士三千人。"当时已能营造长二十余丈的航海船，最大的战舰可载士兵三千人，船楼有上下五层，木雕彩画，非常壮观。民间造船业也很发达，江面上很多船只是由私人营造的。

凭借着地理优势和发达的航运技术，东吴与日本、大秦（即罗马帝国）、扶南（今柬埔寨）等国建立了往来关系。我国史籍有明确记载的日本与中国最早的交往发生于建武中元二年，即公元57年。根据南朝宋史学家范晔的《后汉书》记载，这一年"倭奴国奉贡朝贺，使人自称大夫，倭国之极南界也"。东汉光武帝刘秀赐使者以金印。此后，日本与中国交往不断。

东吴的统治者比较重视农桑，加之江浙地区土地肥沃、交通方便，东吴的蚕桑丝绸业迅速兴起。伴随着商贸往来，大量的丝织品及衣服制作技艺漂洋过海，远销日本。现在在日本，有些服装店的店名就叫作"吴服店"。日本后来又专门派人到江南聘请丝织技术过硬的女工,到日本传授丝织技术,促进了日本丝织业的发展。

扶南就是今天的柬埔寨,因为地理位置临近中国,所以中国与扶南很早就有了经济文化联系。东吴立国没多久,扶南派遣使者向孙权赠送了名贵的琉璃,表达了建立友好关系的诚意。

为了加强与扶南的政治联系和经济文化交流,公元244年,孙权派遣康泰、朱应等使者出使扶南,这是中国第一次派遣专使对扶南进行正式访问。在访问过程中,康泰、朱应等使者获得了许多关于扶南和东南亚及南亚其他国家的第一手翔实的资料,这些资料包括政治、地理、风俗、民族、经济制度、社会发展等诸多方面。回国之后,康泰撰写了《吴时外国传》,朱应撰写了《扶南异物志》,这两本书是我国最早的关于南海诸国情况的专著。除了官方的交流往来及聘使贸易外,也有中外商人进行跨国贸易。扶南的物产玳瑁、珊瑚、沉木香、鹦鹉、贝齿、翡翠等大量输入东吴,东吴的特产如丝绸、瓷器等也为扶南百姓所喜爱。

建立私人藏书藏品收藏展览机制

第三话

周学:"守望老南京的读书人",这是媒体给您的称谓。"守望"两个字,"守"是向内向后,"望"是向外向前。我细数一下您关于南京的书籍,《格致南京》《家住六朝烟水间》《金陵女儿》,这些书籍关注的是城市历史。新作《漂泊在故乡》,是不是更多地诉说了您个人对于南京这座城市的文化情绪?

薛冰:应该说我写《家住六朝烟水间》《金陵女儿》,包括后来《南京城市史》,还是处于一个客观的角度在写作,个人情感的表述是较少的。而《漂泊在故乡》这本书则相反,完全是我个人对南京的一种解读。

《漂泊在故乡》的目录是十几个地名,这十几个地名是怎么来的？其中有的是我曾经长期居住的地方，有的是我曾工作过的地方，而这些地点正好分布在南京城的东、西、南、北、中。

我们经常将"漂泊"与"异乡"联系在一起，为什么这本书会说是"漂泊"在故乡？因为最近的这几十年，正好是南京城经历急剧变化的时期。我时常有这样一种感觉，某个地点本来我是很熟悉的，但过了一个星期再去看，已经面目全非，我完全认不出来了。再过几个月，一座新的建筑就拔地而起。我们虽然人在故乡，但乡愁寄托却都已经不再存在了。城市变了，不再是你记忆中的、心心念念想着的故乡了，让人有一种精神上的漂泊感。

我写这本书也希望引起大家的关注与反思。一方面，通过文字保留当年的城市记忆，从书中还能回想起当年某个地方、某个地区的一个街巷或一个建筑，它曾经是什么样的状况，承担了怎样的城市功能，现在它又面临了怎样的变化。另一个方面，我希望能够影响更多的人来书写属于自己的城市记忆。最近，受出版社的邀请，我参与了"微南京丛书"的创作，"微南京"就是"微小的南京书写"，每本书大概五万到七万字。我希望大家看了我的书，觉得这种关于城市记忆的写作并不难。每个人都拿起笔来写关于自己的城市记忆、特别的感触，一个一个的记忆画面就能成就更加丰富多彩的城市面貌。

无论你是什么年龄段的人，20岁、30岁、40岁、50岁，只要曾经在南京生活过一段时间、有着特别的感触，你就把它写下来，那每个人的书写就能描绘出一个城市的完整面貌。

周学：您有共计两万余册藏书，如果没有合理的收藏与展览机制，让藏书四散于市场，是非常可惜的。有没有想过您的这些藏书将来的去向？"世界文学之都"有没有可能建立私人藏书馆或者展览馆？

薛冰：到了我这个年龄，这是不得不考虑的事情，现在如何处理我的藏书确实也很难。我也考虑过捐给图书馆，但说实话，图书馆未必会重视我们的藏书。实际上，一位作家或者一位教授，他的藏书与他的学问经历、学术成就是密切相关的。我在写作一本书的过程中，很有可能阅读了一千多本书，这一千多本书与我所写的这一本书是密切相关的，可以说是土壤和树苗的关系。我们也不希望自己的书籍四散各处，但如果仅仅被保存着，缺乏合理的展示机制，这些藏书与堆在图书馆的库房的书也没有什么差别。

我注意到，西方有着先进的经验和机制来处理藏书甚至藏品，比如私人的博物馆就会由文化基金会来托管。文化基金会是一个相对独立的社会组织，它在社会上募集基金，所筹得的基金用来承担私人博物馆运转的费用，使它保持一个正常的开放状态。这样，它仍然是公众可以享有的一种社会财富，我觉得这是最理想的一种方式。

周学：您的担心或者是困惑，我觉得恰恰是"世界文学之都"未来建设完善中的重要课题。除了您之外，您身边的作家圈可能或多或少都有这样的忧心。我们能不能在世界文学之都的建设过程中，了却作家学者的这一桩心事？这也可以造福广大的读者朋友们。

薛冰：南京作为"文学之都"，类似的私人纪念馆或者博物馆应该是越多越好，特别是与文学有关的机构越多越好。如何能够做到这一点？确实需要有一个可行的机制。否则我们就会面临着这样的情况：一位又一位老先生逝去，他们的藏书也随之四散在市场上，这是非常可惜的。

学人荐书 《漂泊在故乡》

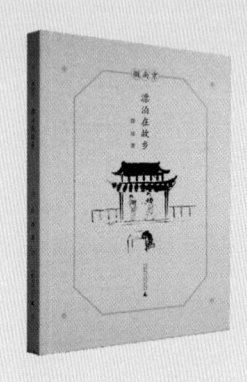

《漂泊在故乡》
薛冰 著
广西师范大学出版社

　　《漂泊在故乡》这本书是我在南京七十年生活经历的一个缩写。阅读这本书，大家可以看到南京七十年城市的发展变化。这本书的写法，也是大家可以学习的：每一个人都可以拿起笔来把自己在南京的生活经历写下来，这样可以使南京这座城市的形象更加丰满。

南京的开放与包容是与生俱来的

薛冰

二〇二〇年八月三日

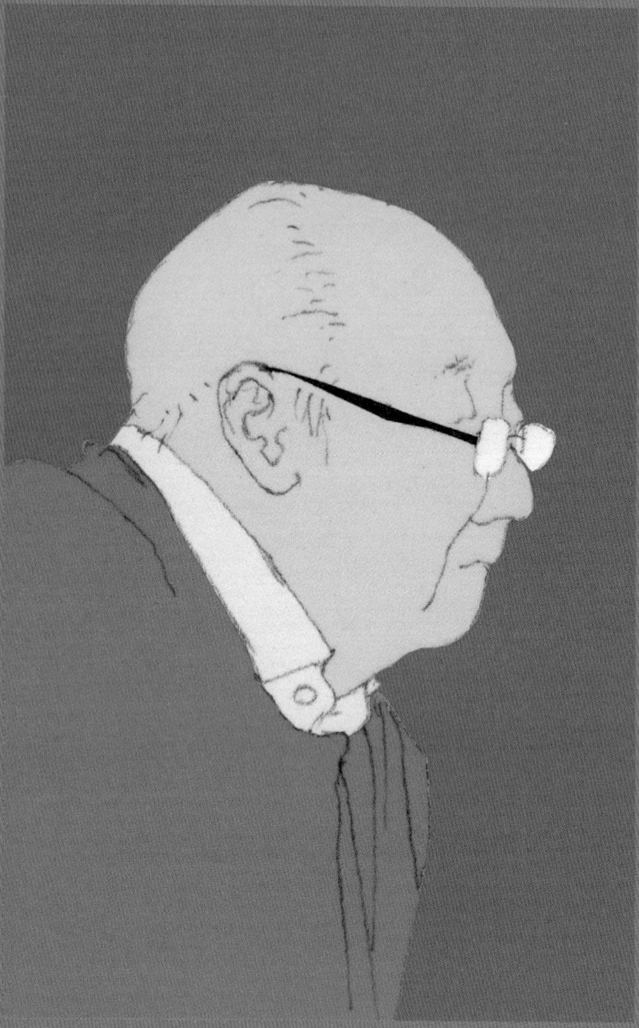

冯亦同

江苏宝应人。1959年毕业于扬州中学,1963年毕业于南京师院(今南师大)中文系。一级作家,中国作协会员,南京作协顾问。著有诗集《相思豆荚》《男儿岛》《紫金花》《牵手树》,评论集《红叶诗话》,散文诗剧《朱自清之歌》及传记《朱枫传》《郭沫若》《徐志摩》等。作品曾获得南京文艺奖、金陵文学奖、紫金山文学奖、江苏省"五个一工程"奖。

周学手记

"和平发展,时代主题,民族复兴,世代梦想。龙盘虎踞,彝训鼎铭,继往开来,永志不忘。"

2014年12月13日,南京,首个国家公祭日纪念仪式,由77名南京青少年齐声诵读的《南京和平宣言》回响在侵华日军南京大屠杀遇难同胞纪念馆广场的上空。悲壮的历史追溯,庄严的和平祈愿,诵者庄严,闻者震撼,宣言的作者即是冯亦同。自2002年始,他五次为公祭执笔撰写公祭文。2014年全国人大会议表决通过,决定将每年12月13日定为南京大屠杀死难者国家公祭日,冯亦同再次受邀命笔,将之前的版本改写成为60句,240个字的"诗经体"《和平宣言》。

如果写一部南京文学发展史,必定少不了冯亦同这个名字。20世纪80年代初,以诗名享誉文坛的冯亦同,从任教的栖霞区教师进修学校调入南京市文联工作。彼时南京市文联主持操办的"南京文学创作讲习所"(后来扩大为兼有函授部的"青春文学院"),与《青春》文学月刊同为培养文学青年的摇篮。在中国大地文学冰河解冻的早春,青春文学院吸引了全国各地文学爱好者,学员规模多达数万人。后来他们中有的成为知名作家,有的成为文化机关、报刊、电视台的负责人,青春文学院为延续南京的文学薪火培养了一大批优秀的文化人才,成为南京文学史上重要的存在。1985年春天,南京市作协正式成立,冯亦同先后担任市作协副秘书长、秘书长、市作协副主席兼秘书长,发现、扶植了一批又一批有文学潜质的年轻人走进文学殿堂。

忙碌的工作之余,冯亦同笔耕不辍。他主持编撰了很多书籍,其中关于南京诗词的一系列书籍尤为脍炙人口。1996年,冯亦同接受《可爱的南京》丛书主编陈安吉的邀请,为丛书编选了两本文学类的作品集:《名家笔下的南京》和《诗人眼中的南京》(后者与俞律先生合编)。2015年,《品读南京》丛书的主编徐宁和卢海鸣向冯亦同发出约请,冯亦同又主编了《南京历代经典诗词》。这本书以年代为序,以作者为目,遴选经典诗词150余篇,为读者打开一扇了解南京诗词文化、领会个中风光和无限意趣的窗户。

2019年,冯亦同又推出了《南京诗歌地图》,将上自六朝下迄民国历代歌咏南京的经典性、代表性诗词,择其精要,梳理归类,以"山水城史""人文故里""风景名胜""寺庙遗踪"四个篇章编选成书。南京有2500年的建城史,阅读诗词,读者也完成了一次穿越时空的金陵之旅,与曾流连于南京的诗人进行了一场古今的对话,"每一个年代的诗人都将自己的喜怒哀乐、悲欢离合书写在南京这片秀丽的土地上,就像是一部完整的史诗,也像一部地图。南京的大街小巷:乌衣巷、朱雀桥、玄武湖、南京城墙……都曾在诗歌中留下姓名,城市与诗歌是分不开的"。

诗话南京

对话 | 周学 × 冯亦同
山水城史篇

第一话

周学:"想见旧时游历处,烟云渺渺水茫茫。"这是唐代诗人王安石笔下的金陵玄武湖景色。金陵城有着两千余年的历史,许多传世诗词都描绘了南京景色。《南京诗歌地图》卷首开篇有这样一句:"手捧一部世代传颂的经典,打开一幅穿越时空的地图,好一片山水城林的佳丽地,好一座诗词歌赋的帝王州。"打开这幅穿越时空的诗歌地图,我们就从第一个篇目"山水城史篇"开始聊起。在这个篇目中,您收录了多少篇作品?

冯亦同:"山水城史篇"收录了大概38篇作品。这一篇目从李白一生崇敬的六朝诗人谢朓开始谈起。谢朓留下了南京经典诗词的开篇曲《入朝曲》："江南佳丽地，金陵帝王州。逶迤带绿水，迢递起朱楼。飞甍夹驰道，垂杨荫御沟。凝笳翼高盖，叠鼓送华辀。献纳云台表，功名良可收。"永明八年（490年），27岁的青年诗人谢朓，应荆州刺史萧子龙的邀请创作了《鼓吹曲》十首，《入朝曲》是其中一首。这首诗赞美了当时的都城建康的非凡气象，描绘了藩王进京的煊赫场面，如同一曲响遏行云的铜管乐。在这首诗中，我们随着朝觐者视角的推进与转移，看见了那时繁华富丽的都城：自水路入城，从绿水、朱楼，到飞甍、驰道、垂杨、御沟，最后看到了皇宫的一角，有声有色，庄严隆重。这首诗给历史文化名城南京留下了流传千载的礼赞，并成为她脍炙人口、深入人心的"诗歌名片"。

《入朝曲》描绘了南京作为都城辉煌的一面，而晚唐诗人韦庄的《台城》可以说描绘了南京的另一面。韦庄本来是一个贵族子弟，他的祖先曾经做过唐朝的宰相，后来家道中落，韦庄也目睹了大唐帝国的衰落。韦庄来到南京，看到繁华落尽、衰微破败的六朝胜迹，触动了怀古伤今的情怀，他满腔的悲愤无处诉说。时值江南暮春时节，远处十里堤上一片生机盎然的垂杨柳，与颓圮的台城形成鲜明对照，更让诗人感慨万千，"江雨霏霏江草齐，六朝如梦鸟空啼。无情最是台城柳，依旧烟笼十里堤。"他怪台城柳的无情,整个城市一片衰败，怎么你还是高高兴兴的,这实际上是反话正说。我们可以看到,伟大的诗人,哪怕他们在发牢骚,他们对生命都留有一种眷恋,他们对这片曾经遭受苦难的土地都存有希望。春天还会再来的,柳树就是生机与活力的象征。所以这首《台城》,尽管只有短短的四句,却深入人心,不胫而走。

周学：艺海拾贝,我发现这本书篇目的选择也有为文学史拾遗的预设。我读到了一些以前没读到过的诗人和作品,比如这位费信。

冯亦同：费信是明代郑和下西洋使团中的翻译,也是一位诗人。费信每到一地,抓紧公务之余,"伏几濡毫,叙缀篇章,标其山川夷类物候风习,诸光怪奇诡事,以储采纳,题曰《星槎胜览》"。他所著的《星槎胜览》是郑和下西洋这一壮举唯一的文字记录,"星槎"指"天河里面的神船"。费信在书中描写了所经过的爪哇、马尔代夫、麦加等地的风俗人情,描写了中国人眼中的异国风土人情。尽管费信所到之地是当时中国人眼中的蛮荒地区,但作为一位和平使者、文化使者,费信还是用善良、尊重的目光来观察世界,反映了中国人以和为贵的理念。

溜洋

[明] 费信

溜山分且众,弱水即相通。

米谷何曾种,巢居亦自同。

盘针能指侣,商船虑狂风。

结叶遮前后,裸形为始终。

虽云瀛海外,难过石门中。

历览吟成句,殷勤献九重。

延伸阅读
南京：郑和下西洋的起始之地

郑和是世界航海的奠基人，也是我国"海上丝绸之路"的开创者。他前后历经28年，七涉西洋，打通并拓展了中国与东南亚、东非、阿拉伯等国家和地区的海上交通路线。郑和七下西洋是世界古代航海史上时间最早、人数最多、规模最大、技术最先进、活动范围最广的航海活动。而郑和与南京，也有着千丝万缕的联系。

南京是郑和下西洋的决策地。公元1403年，燕王朱棣夺权登基。一方面为了宣扬国威，另一方面为了打通海上通道，进行对外贸易，明成祖朱棣在京都南京做出了下西洋的重大决策，并于永乐三年（1405年）派出郑和率领船队出海。南京也是郑和下西洋的准备地和起始地。著名的《郑和航海图》原来的名称是《自宝船厂开船从龙江关出水直抵外国诸番国图》。龙江宝船厂遗址位于南京秦淮河入江口的西侧，郑和下西洋的船只多在此修造，而龙江关即今天的下关。《明会典》记载，龙江宝船厂"改造海运船二百四十九艘，备使西洋诸国"。1965年，曾有人在南京文家大塘中捞出一段长2.21米、宽厚60厘米见方的绞关木，尚留有4个安装车关棒的孔，现存南京博物院。之后，又陆续发现造船用的油泥、棕丝、石灰、石臼以及铁锚、铜锚等物品。这些文物都是船舶部件和造船材料，由钟山南麓的桐园、漆园和棕园所制造供应。《郑和航海图》原名清楚地表明，南京不仅是郑和下西洋的主要造船地，而且郑和下西洋的万里航程也是从南京开始的。

南京也是郑和一生活动包括下西洋活动的主要地区，他居住生活的马府，任职的官署，督办的大报恩寺工程，进行宗教仪式、祭祀海神活动的官庙寺院，死后的墓地等，都在南京。有关郑和的历史遗存在南京随处可见。

马府街是郑和故居所在地，其府邸后花园遗址为现在的郑和公园。附近的净觉寺是南京最早的一座伊斯兰清真寺，初建于洪武二十一年（1388年），宣德五年（1430年）遭火灾被毁。此时，恰值郑和第七次下西洋前夕,明宣宗朱瞻基特准郑和所请重建清真寺。南京的静海寺是明成祖朱棣为褒奖郑和航海的功德下令敕建的皇家寺院,是明朝十大律寺之一,寺名取"四海平静,天下太平"之意,为供奉郑和从异域带回的罗汉画像、佛牙、玉玩等物品和奇花异木的活株而敕建。郑和去世后,也被埋葬在了南京,郑和墓就位于南京市江宁区牛首山的南麓。

中华民族自古便有着热爱和平,睦邻友好的传统,位于南京的郑和文化遗迹可以说是一大体现。郑和下西洋的壮举,促进了中国与亚非各国人民的经济和文化交流,见证了中国对外开放的史实。

人文故里篇

第 二 话

周学：循着这本《南京诗歌地图》，继续往前走，便是"人文故里篇"。观乎人文，以化成天下，人文的重心在于对人生的审思，对生命意义的叩寻，人文因时代、信仰、审美不同，其呈现的成果也是不同的，有内在的超越，也有外在的超越，但终究是依存于城市这个物理的载体，触景而生、触境而发。

冯亦同：在南京城 2500 年的历史中，走过的诗人灿若繁星，其中最大、最亮的一颗星，在我看来，还是李白。夸张一点说，《南京诗歌地图》有一半是李白在写。他的手指是金手指，点到哪儿哪儿发光。他在长干里写了《长干行》，他在凤凰台写了《登金陵凤凰台》，都成为我们民族诗歌的瑰宝。

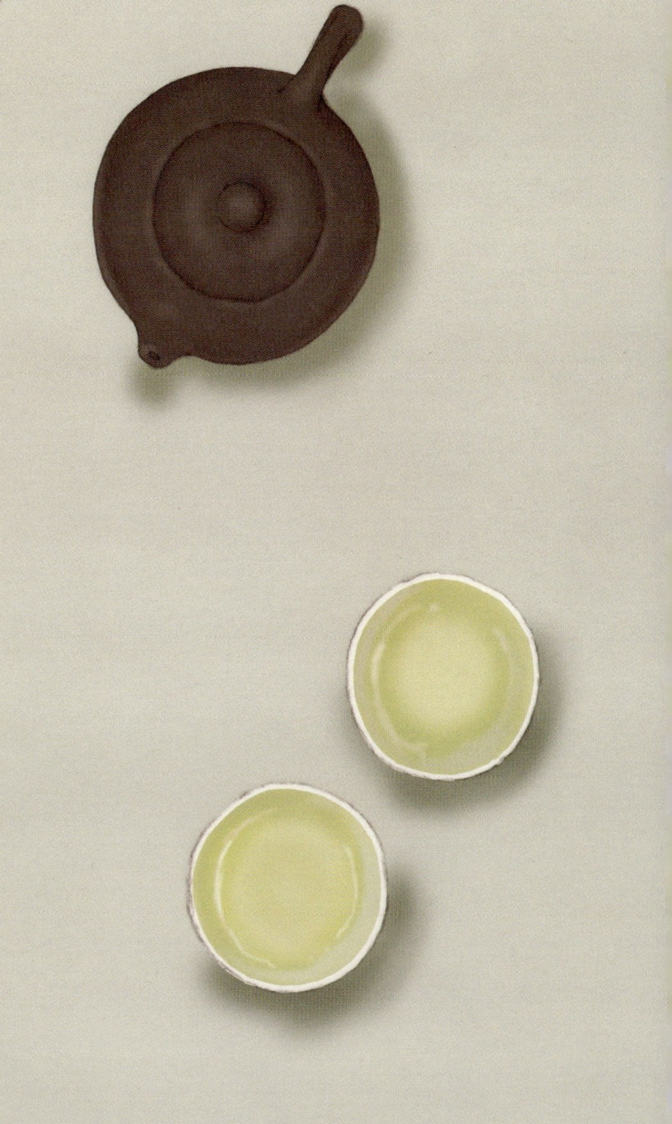

但是我个人非常偏爱他的一首小诗，叫《劳劳亭》："天下伤心处，劳劳送客亭。春风知别苦，不遣柳条青。"

天下最伤心的地方就是劳劳亭，"劳劳"二字代表了汉语中送别的意思，远望亲人，远送友人。"柳"与"留"同音，所以自古中国人就有折柳相送的习惯，希望对方能"留"。从另一个角度说，春风也不愿见离别之苦，因此不催柳条发青。李白的这首小诗有一种天真浪漫的想法，写得那么剔透玲珑，如果我是春风，也被他感动；如果我是柳条，也会为他动心。

风景名胜篇

第 三 话

冯亦同：《南京诗歌地图》的第三个篇目就是《风景名胜篇》。从未来过南京的人，如何想象南京？他们就是在母亲的怀抱中、在课堂的课本里通过诗词歌赋来描摹南京。文都南京因为深厚的文化底蕴在诗词中拥有了别样的魅力。

周学：在以往的南京经典诗词的编著作品当中，少有人选取朱偰先生的作品。您是出于怎样的考虑收录他的作品？

冯亦同：我曾经参与举行过一次民意调查，最后选出十五位感动南京的人，其中有一位60年来感动南京的人物就

游仙诗祖师郭璞的衣冠冢位于玄武湖公园环洲内

是朱偰先生。朱偰是一位文化大家，他将自己的青春都贡献给了南京城。在抗战前的十几年里，他用从德国带回来的一个照相机，不辞劳苦，在栖霞山、牛首山、南京郊区拍了上千幅照片。他还编撰了最早的有关南京的古迹图考《金陵古迹图考》，都是非常珍贵的历史资料。也正是在他的呼吁下，南京明城墙最美的一段免于毁坏，得以保存。

书中选入的那首朱偰的《栖霞红叶》是我非常偏爱的一首诗。他写到红叶红得仿佛燃烧了起来，"似酡似醉佳人色，如火如荼夕照天"。实际上，燃烧的就是他自己，为了南京、为了文化的留存而燃烧，朱偰认为这是他作为一个知识分子的使命。

栖霞红叶

朱偰

萧森秋色斗清妍，锦绣重重万壑连。

已染青山霜降后，更添黄叶立冬前。

似酡似醉佳人色，如火如荼夕照天。

红剪一林巫峡香，烟深千里楚江边。

延伸阅读
朱偰：南京明城墙的守护者

生活在南京的人，一定曾路过城墙脚下。自公元1393年全部完工至今，南京明城墙已伫立了六百余个春秋。明城墙南以外秦淮河为天然护城河、东有钟山为依托、北有后湖为界限、西纳山丘入城内，形成了一道具备优秀防御功能的军事屏障。可以说，南京的城墙和城门是最具代表性的南京地标之一。说起明城墙的保护，最值得铭记的人物，便是朱偰。

朱偰（1907—1968年），字伯商，浙江海盐人。他的父亲是著名经济学家、历史学家朱希祖。1925年，朱偰进入北京大学，本科学政治，1929年留学德国，获经济学博士学位。归国后，年仅26岁，便担任国立中央大学经济系教授兼国立编译馆编审，讲授财政学、世界经济、经济名著选读等课。

自从来到南京任教，朱偰的生命便与这座六朝古都紧密相连。朱偰在比较了西安、洛阳、南京、北京四大古都之后，这样评价古都南京："此四都之中，文学之昌盛，人物之俊彦，山川之灵秀，气象之宏伟，以及与民族患难相共，休戚相关之密切，尤以金陵为最。"带着这样热忱的感情，自1932年至1935年，朱偰带着他从德国带回的相机，开始考察金陵古迹，他的足迹踏遍了南京的陵寝坟墓、玄观梵刹、祠宇桥梁、城郭宫阙和南京城墙等，并经由他的摄影、测绘、考察，编撰出版了《金陵古迹图考》。他又在拍摄的两千余张照片中，精选317张，编成《金陵古迹名胜影集》一书，一图一考，文图相辅。在几乎没有文物保护概念的民国时期，朱偰成为近代以来普查南京文物的第一人，为后人留下了珍贵的图文资料。

1954年夏末，南京经过连续两个月的暴雨，城墙发生了三次崩塌。当时的南京市政府决定开始拆除明城墙。在拆城运动中，太平门、石头城等多处历史悠久的城墙成为瓦砾堆。听闻拆城墙运动，时任江苏省文化局副局长的朱偰先生赶到现场察看，四处奔走呼吁，联合社会各界共同呼吁，阻止拆城风潮；接着又在《新华日报》上发表了《南京市城建部门不应该任意拆除城墙》一文，产生了巨大的影响。如果没有朱偰先生的挺身而出，中华门瓮城和石头城可能也荡然无存了。

作为一名知识分子，朱偰一直将保护南京文物视为自己不可推卸的责任，他曾在《北京宫阙图说》的序言中说："夫士既不能执干戈而捍卫疆土，又不能奔走而谋恢复故国，亦当尽其一技之长，以谋保存故都文献于万一，使大汉之天声，长共此文物而长存。"朱偰用自己的实际行动保卫了南京明城墙，他对于南京的深厚感情，为南京古迹研究与保存所做的贡献，将伴随着明城墙，永远为人们铭记。诚如朱偰之子朱元曙在《人世几回伤往事，山形依旧枕寒流》一文中所说："父亲把南京的文物古迹融入自己的生命，也把自己的生命融入南京的文物古迹，他用自己的生命完成了吞吐千古的伟业。只要南京的文物古迹还在，只要南京的城墙还在，父亲的生命就还在。即使这一切都毁弃了，只要父亲的书还在，父亲的生命也一样存在。"

寺庙遗踪篇

第四话

周学:"漱甘凉病齿,坐旷息烦襟。因脱水边屦,就敷岩上衾。"《定林》这首诗的作者是王安石,"定林"指的应该就是定林寺,当然,还有上定林寺和下定林寺的区别。之所以收录这篇作品,除了定林寺在佛教界地位极高,还有一个重要的原因:《文心雕龙》就是在这里完成的。

冯亦同:上定林寺在紫金山的高处,下定林寺在紫金山麓,其中更具有文化价值的是上定林寺。南朝文艺理论家刘勰就是在上定林寺完成了《文心雕龙》。《文心雕龙》是中国文学理论批评史上第一部具有严密体系的著作,是南京贡献给世界的名著,对中国文学史和中国文艺事业的发展都有非常大的影响。后来,刘勰还协助昭明太子编撰了《昭明文选》,成就了梁朝文艺的繁荣。通过王安石的这首《定林》能够看出钟山的文脉如何绵长深邃,蕴藏着诸多理论上的建树。

定林

[宋] 王安石

漱甘凉病齿,坐旷息烦襟。

因脱水边屦,就敷岩上衾。

但留云对宿,仍值月相寻。

真乐非无寄,悲虫亦好音。

周学:循着《南京诗歌地图》的诗歌足迹,应该说读者随您一起走遍了大半个南京城。感觉看了一部长长的纪录片,片子放完了,人的思绪还沉浸其间,您得帮我梳理总结一下,南京之美,美在哪里?

冯亦同:"佳丽地"就是美的地方,金陵之美,"美"在哪里?美在山、水、城、林,这是我眼中金陵之美的四大因素。在我看来,金陵之美的第五个因素,也是更永恒的因素,就是我们今天谈论的文脉的精华,就是诗。山、水、城、林是大自然的赐予以及人工的产物,都有在历史中湮灭的可能,而唯一能够永存的是由文字构成的、由中华民族智慧构成的精神力量。打开这本《南京诗歌地图》，就能获得文化的传递。我想概括为三个要素：人心向背、天下兴亡的家国情怀，兼收并蓄、开放包容的人文精神，崇尚自然、勇于创新的美学追求。诗也好，文艺也好，我想最主要的还是一种就是精神的力量：大宇宙、大南京、大情怀。

学人荐书 《南京诗歌地图》

《南京诗歌地图》
冯亦同 著
南京出版社

　　向大家推荐我最近编著的《南京诗歌地图》。读了这本书,大家会爱上山水城林的佳丽地,诗词歌赋的帝王州,世界文学之都——南京。

山水城林诗 千秋寄深情

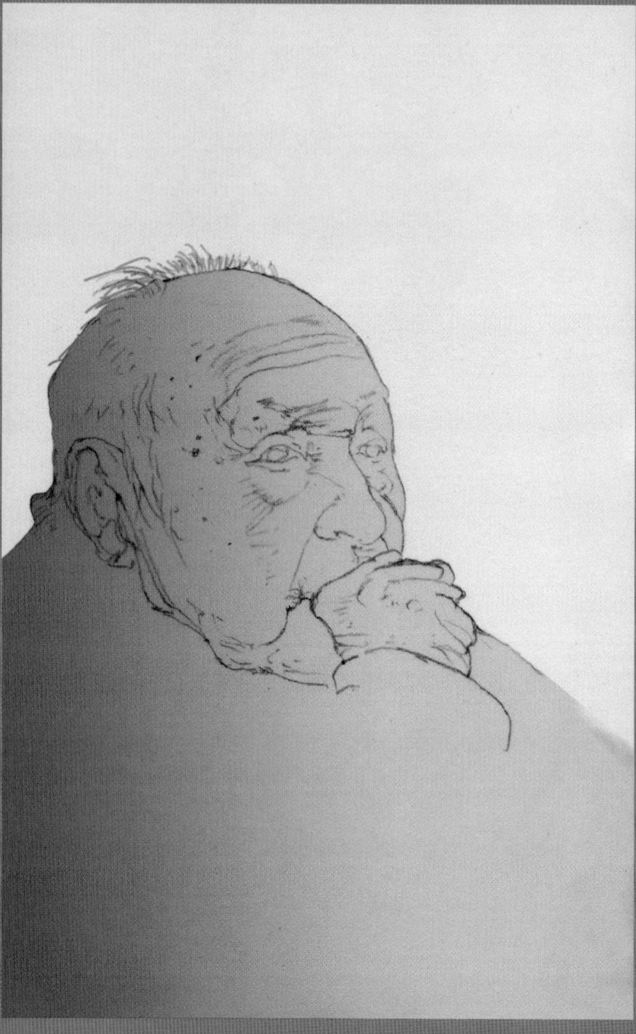

俞　律

诗人、作家、书法家、著名京剧票友。1928年出生于扬州，1946年毕业于上海中学，1951年毕业于上海光华大学。曾任南京市作协副主席、秘书长，南京市文联研究室研究员，青春文学院教务主任，南京市政协委员。现为中国作家协会会员，江苏省文史研究馆馆员，江苏省政协书画室特聘画师等。获评中华诗词学会"聂绀弩杯"2022年度人物。

周学手记

"老而弥坚者不会凋零,深根不会为霜所触及。"这是约翰·托尔金的话。托尔金是谁?《指环王》是他的代表作,以奇幻而潜藏现代性内涵而著称于世,为世界文学带来新鲜的元素,全球至少上亿人读过这部作品。老而弥坚者,九五至尊俞律老也。"九五至尊"是篆刻家黄征为俞律老新炙的闲印,老人家很是满意,特意捧出来与我分享,开心得像个孩子。我说,您是老兔子,今年九十五,摩羯座;我是小兔子,今年四十五,摩羯座,咱们爷俩有缘啊。老人家更开心了,"是吗?这么巧啊!"那是我初次拜访俞律老。我为老人家清唱了一段《秦琼卖马》,老人家为我写了一幅字"奈何情深"。有了这样的开场,接受采访的事就这么愉快地敲定了。

神完气足,一说是老人家的书法笔下雄健如风,如横扫千军。另一风采则是,老人家一旦开腔,无论是京剧名段还是诗词吟诵，声如洪钟，气冲牛斗。对，你绝对无法想象得出眼前的老人九十五岁了。与老人家聊往事，更是一种享受。聊一会儿，我问，爷爷，累不累，要不要休息一下？他定定神，右手很有力量地摆动，不用，不累！老人家思路清晰，每一个细节都记得很清楚，比如初见老伴儿时，那个小姑娘梳的什么辫子，穿的什么花色的衣服。每一段情节娓娓道来，就是一段好故事，某个不经意间提及的，便是南京文学史上值得记上一笔的人或事。你看不到老人家身上有半点风霜，更多的是因艺术浸染而生发出的豁达和通透，因文学陪伴而滋养出的矜持和高贵。

我跟作家薛冰先生说起俞律老，薛先生说，俞律老不得了，他可是个宝贝，是南京城最后一位才子。南京写作人和文学作品是铺砌在南京文学史通道上的石子，九十五岁的俞律便是其中重要的一块。书法、绘画、诗词、吟诵、文章、戏曲,是这位文学老人每天的日常。除了文学工作者的身份,他还是一位推动南京文学事业的组织者,直到今天他仍然笔耕不辍,借助填词、书函,通过微信等各种方式积极参与到各种文学活动中。

145

吟诵金陵

走上文学道路

俞律在文学之路上走得坚定，凭的是他对于文学的一腔热爱。

1928年，俞律出生于扬州的一个书香之家，九岁时全家移居上海。父亲俞牖云是一位中学国文老师，也是沪上"鸳鸯蝴蝶派"代表作家之一，国学功力深厚，经史子集无所不通。受父亲的影响，早在幼年时，俞律便经常跑到父亲的书房，读遍了四大名著与唐诗宋词。

年纪渐长，俞律升入上海沪新中学（抗战时期，上海中学搬至上海法租界，更名为上海沪新中学）。在那个文学大师辈出的年代，俞律遇见了一群同样热爱文学的同窗，他们自发地筹措书籍，在一位同学家的阁楼上，建立了一座小小的图书馆，并共同创办了杂志——《曙光》半月刊。时值抗日战争期间，俞律和同学们执笔为矛，用文字来捍卫祖国。时至今日，俞律依然记得自己发表的第一篇文字，是刊登于1941年上海《曙光》半月刊上的一首新诗《我也是一颗手榴弹》。就这样，俞律踏上了自己的文学道路。之后，俞律又陆续在《大公报》《文汇报》《申报》等刊物发表散文、小品、诗歌。

然而，俞律的文学之路走得并不顺畅。中学毕业后，俞律希望考入中文系继续学习，父亲却阻止了他。"我是家中的老大，还有一个弟弟和一个妹妹。我要协助父亲让家庭生活得更好，这是我的责任。"因此，俞律选择进入上海光华大学金融系学习，毕业后进入了银行工作。1952年，他因工作变动来到了南京。

可能俞律自己也没有想到，生于扬州、长于上海的他，最终在南京这座六朝古都实现了自己的文学梦。来到南京后，在忙碌的工作之余，俞律始终坚持文学创作，陆续在《萌芽》《新华日报》《南京日报》等刊物发表了诸多散文、评论。

1957年，俞律不得不暂停了银行的工作，前往浦口农场务农。务农的过程是艰辛的，耕田犁地挑担子，劳动间隙唯一的乐趣便是阅读。俞律常常在下地工作前将唐诗宋词抄写在手掌心，一边做农活，一边背诗。一些青年朋友，还会偷偷给俞律带书。让他印象最为深刻的是,那时候读了许多清人的笔记小说,比如《镜花缘》《儿女英雄传》等。

在江浦,这一待,就是22年。

对话 | 周学 × 俞律
因为喜欢文学，更喜欢南京

第 一 话

周学：您在南京生活这么多年，对南京这座城市是一种什么样的感情？

俞律：我是扬州人，在上海长大，但我来到南京之后，觉得自己就是南京人了。为什么？因为南京了不起。从六朝繁华开始，这里诞生了很多诗人、孕育了无数文学作品。书法、绘画、戏剧等各种艺术门类也都得到了发展。作为一个南京人，我喜欢文学，也喜欢南京，因为喜欢文学，更喜欢南京。

周学：我看您的书案上摊开着没读完的书，还有新诗的草稿。您儿时为何会走上文学创作的道路？

俞律：我们小时候为什么喜欢文学呢？它不是自然发生的，而是从阅读文学开始的，我们读鲁迅、沈从文等名家的作品，在作品的熏陶下爱上了文学。现在为什么要提倡读书呢？不能不读书，不读书永远是空虚的，文学这个爱好是很自然发生的。读书不仅仅是得到知识，得到的更是精神上的快感。经常读书，养成习惯之后，不阅读是很难受的。

五年前俞律老迁入新寓，"菊味轩"改为"惜余春堂"

俞律诗歌

文都的情绪

乍寒乍暖

春天携梦而来

我在春天的梦里

飞越一个时代

我在春天的梦里失眠

我们只有一个文都

一个文都放不下我们的梦

我们要再造一个文都

我们劳动

劳动再创作一个文都

诗要倡和

倡和要竞争

我们用沸腾的汗水给诗洗澡

有唐诗才有宋词

李白需要杜甫

苏东坡离不开黄山谷

诗要敌手

我们需要再造一个文都

一个比我们强的对手

我们闹情绪

在春梦里失眠

一直睡不着

父亲的书房

父亲去世了

他的书房还活着

父亲在天上

还能读到生前的藏书

在我儿时

父亲的书房

经历过两次残酷的考验

上海的一二八和八一三事变它毁于日寇的炮火

但父亲没有书房等于没有厨房

他,总有一个陋室的

我儿时喜欢进父亲的书房

用蜡笔乱涂父亲的藏书

父亲无计可施

只能向我母亲求救

母亲学他的样子摊开双手

我长大些了

父亲变了

他欢迎我进他的书房

我几天不去

他就提醒我

"怎么不来的"

我不爱读他的藏书

那些书不好玩

父亲很无奈

向母亲摊开双手

"这孩子不小啦"

他搬出十几本《史记》放在我眼前说

"不能不读呀"

简直是求我

父亲在书房为我生气

思量换个环境

我在河北邯郸工作的哥哥接他去换换空气

到了邯郸

父亲第一件事就是要个书房 哥哥只好依他

父亲布置书房跌了一跤

不幸中风了

从此半身不遂

我去看望他

他只是呆呆地望着我

哎呀

怎么不认识自己的亲儿子了

我千方百计地想唤醒他的记忆

对着他耳朵呼喊"爸爸"

有一天似乎见到他眼中的火花

我多么想他点燃自己的记忆

他模糊地说了三个字

"两个人"

我久久地茫然

忽然想起父亲一定要我读的《史记》

几千年前邯郸不是有两个古人的故事么

蔺相如和廉颇

是的

我要用这两个古人唤醒父亲的历史记忆

然而一次次地失败了

无法形容我的悲伤

只有号啕大哭

我相信孩子般的大哭能唤醒父亲
孩子的哭声能提醒他
我是他的儿子
儿时的哭声如此
老来的哭声也这样
父亲一定醒了
他正在倾听
是在倾听
为自己有一个
九十六岁的儿子而骄傲

投身南京文学事业建设

1979年,对于俞律和很多热爱文学的人来说,都是改变命运的一年。

这一年,俞律得到平反,回到南京后被分配到水利局工作,他也重新开始文学创作。南京市文学工作者协会秘书长刘舒看到俞律在《雨花》上发表的文章,便询问俞律是否愿意到文联工作。就这样,俞律来到了文学工作者协会,后来先后担任了南京市作协的副秘书长、秘书长、副主席。

也正是在1979年,随着"南京市文联大会"的召开,停滞的南京市文联重新恢复工作。两年后,旨在培养南京文学人才,复兴南京文学事业,在中共南京市委宣传部的支持下,经过一年的酝酿,由南京市文联主持,文学工作者协会具体操办,"南京文学创作讲习所"正式开始招生。讲习所采用面授方式,每周至少一节课,并延请国学大家程千帆先生任所长,南京大学图书馆馆长包忠文、南京大学写作教研室主任裴显生等先生参与讲授。1984年在原有基础上增加"函授"方式,成立"青春文学院",由俞律任教务主任。

学员在学习过程中,既能听到高校中文系的理论课,研读古今中外的优秀作品,又能与作家、文学编辑面对面,从作家的创作体会与编辑们修改稿件的意见中汲取文学创作的知识和经验。尤为难得的是,从全国各地出差到南京的很多新老作家,也被请到文讲所来讲课。

那些年,杨苡、萧军、顾尔镡、叶至诚、赵瑞蕻、梁晓声等作家、教授都在讲习所授过课。参加学习的学员大多来自工厂,学费便以够解决必要开支为度,每人每年50元。让俞律特别感动的是,很多作家知道文讲所的经济状况之后,都欣然义务讲课。有一次,作家梁晓声到南京市文联创办的《青春》杂志改稿,应邀为学员讲课。当听说讲课费是从微薄的学费中支出的,他坚决不收,还从《青春》给他的稿费中拿出200元捐给了文讲所。

从文讲所到青春文学院,十年间,数万名文学赤子因之受益。

他们中有的成为知名作家,有的成为文化机关、报刊、电视台的负责人。青春文学院为延续南京的文学薪火培养了一大批优秀的文化人才,成为南京文学史上重要的存在。

南京"文学之都"的称号可谓名不虚传

第 二 话

周学:有很多文学爱好者因文学讲习所和青春文学院而受益,您现在和学生们还有联系吗?

俞律:2021年,有一个青春文学院的学员,在微信上建立了一个"青春文学院"的群。很多散落在天南海北的文学创作讲习所和青春文学院的学员都重聚于这个微信群中,我们每天都在群里研讨文学问题,写散文、写诗歌、写旧体诗、写新体诗。这就是文学的魅力,如果不是文学,我们怎么可能聚在一起?所以南京"文学之都"的称号可谓名不虚传。

俞律诗歌

壬寅春节青春文学院师生迎春

七律倡和（俞律 首倡，曹丽黎 次韵）

一片浮云蔽九州

帝王将相百年休

归来燕子双双老

飞去杨花点点愁

旧梦难醒多奇想

长江不尽渡风流

梅花红里待春节

一曲邀君上酒楼

曹丽黎 次韵和

绿萼初开白萍洲

朔风吹雪几时休

行人客里心先老

渔父高眠不解愁

数点青山云隔断

一帆江海泪横流

青苔且喜新萌处

自写春联贴小楼

忆武汉旧游四绝句

四十余年前南京文联同仁有武汉之行,曾访当地文联。

(一)

闻道登仙黄鹤去

乡关日暮有奇文

何当重问汉阳树

鹦鹉洲头看白云

(二)

一座孤城闭到今

昔游回首泪垂襟

大桥江上旧留影

曾对烟波戏水禽

(三)

烟波不尽东流去

流到金陵百感生

同饮一江无限水

相濡总是弟兄情

(四)

疫中日记感情真

记事人为建邺人

独守他乡梦花笔

临风静放一枝春

(唐崔颢黄鹤楼诗千古奇文绝唱,李白自叹不如)

"诗文书画戏"皆精通的文人

诗文书画戏,俞律是少有的精通各种中国传统艺术门类的文人,这五门艺术在他身上相互交融。在散文、诗歌创作方面,他著有《湖边集》《浮生百记》《菊味轩诗抄》等文集。时任江苏省作协主席的艾煊认为俞律的散文有"艺术家的历史感",南京师范大学资深教授常国武曾这样评价他的诗稿:"所写皆眼前景、心上事、意中人,其真情实感并自肺腑中流出……在唐近乎郊、岛,在宋邻于涪翁……"

在书画方面,俞律也颇有建树。俞律的书法师承著名书家萧娴。作为国画大师李可染的长婿,他的画风则在沿袭李门意蕴的同时也融入了个人风格。在江浦务农期间,俞律还与书法大家林散之结下了深厚的友谊,书法、绘画都受到他不少指点。

京剧专家翁思再曾用"汉魏的碑刻""活着的老谭(谭鑫培)"来称赞俞律的京剧造诣。小学时,俞律便开始学习京剧;大学时期,俞律拜戏剧评论家苏少卿先生为师,学习老生唱腔,他同时也承担起苏先生助手的角色,写讲义、记唱谱,京剧水平得到进一步提升。上海声像出版社推出的《俞律唱腔选》被圈内视为对传统文化极有价值的一次打捞。

俞律戏照,京剧《辕门斩子》,
1950年于上海,时年22岁。

俞律与夫人李玉琴

　　俞律与夫人李玉琴也正是因为京剧而结缘。那时，俞律在苏少卿先生处学习京剧，认识了苏少卿的外孙女李玉琴。"我到苏先生家学戏，天天碰到她，可以说没有一天不见面，年轻人很自然地产生一种'相悦'的感情，我看到她很高兴，她看到我也很高兴。"两人相识时，李玉琴十五岁，四年后，两人结了婚。在艺术兴趣爱好方面，两人可谓是知音，书法、绘画、吟诵、戏曲、诗词、文章，是他们共同的生活。多年来，俞律、李玉琴夫妇也一直关注着南京的慈善事业。他们参与慈善活动二十余载，每年都向南京市慈善总会捐赠作品。在耄耋之年，外出参加活动不方便时，两位老人也一直坚持为南京慈善事业贡献自己的力量。

2019年,21集电视文化系列片《金陵吟》受到广泛关注,也让"吟诵"这一艺术形式走进大众视野。吟诵是语言、音乐、诗歌结合最紧密的一种方式,有助于听众深入了解经典诗词的丰富内涵,品味和欣赏诗词作品的形式美、音韵美。古人的心态、情态、意境,只有吟诵的时候最接近、最能体会。

俞律的父亲是扬州人,在父亲用扬州话吟诵的耳濡目染中,俞律对吟诵产生了兴趣。而在与林散之与唐玉虬两位吟诵大家的交往中,俞律将京剧念白与吟诵相结合,形成了自己独特的吟诵风格。据俞律的回忆,当年,他和常国武大战日本吟诗团时,就是化用了《霸王别姬》里的京剧唱腔,让日本人大为震撼。

艺术的追求就是创造美

第 三 话

周学：您最初是怎么想到要将京剧艺术与传统吟诵相结合，开创出属于自己的吟诵风格？

俞律：在我看来，诗歌吟诵也是一种艺术，艺术的追求就是创造美。从艺术美的角度出发，我认为吟诵必须结合音乐的腔调和音乐的美感，吟诵必须要好听。什么叫好听呢？人们听了之后，能够得到精神上的快感。我将京剧唱腔的声调运用到吟诵当中去，赋予吟诵音乐的节奏感和音乐美。经过尝试之后，我曾吟诵给很多诗歌创作者听，他们觉得蛮好听的，我便逐渐地研究出属于自己的吟诵腔调。

周学：您和夫人李玉琴是如何结缘的？

俞律：不是一家人不进一家门。我认识她的时候，她大概15岁，我们结婚的时候，她已经19岁了。时光过去七十年了，她今年也九十岁了。我和她的婚姻开始于我学习京剧。我的京剧老师是苏少卿先生，在上海是名票，也是京剧研究家。我到苏先生家去学戏，他家里有个女孩，就是他的外孙女李玉琴，她的父亲就是李可染，李可染是苏少卿的女婿。我天天在苏先生家碰到她，可以说没有一天不见面，年轻人自然产生一种感情，感到"相悦"：我看到她很高兴，她看到我也很高兴。我们最基本的共同爱好就是京戏。我喜欢读诗，她喜欢书法，我们会相互帮助，相互督促。少年夫妻老年伴，不仅仅是在艺术方面，生活方面我们也是要相互照顾的，比如说我盖的被子薄了，她会给我换厚一点的。

俞律诗歌

不跟你玩了

陪小重孙过儿童节

才明白我的童年

并没有弃我而去

在小重孙指下深沉的钢琴声中

我想到儿时爱唱歌

唱的是"九一八，从那个悲惨的时候"

尤其不忘"八一三"的炮火

使我早熟成大人

又想起八百孤军的故事

他们被日军围困在四行仓库

一位女童子军游泳渡过苏州河

把国旗送到壮士们手里

而我是一个男童子军

又想到上海跑马厅紧密的马蹄声

使我兴奋得手舞足蹈

在法租界的跑狗场里

我为第一个到终点的狗欢呼尖叫

现在我的童年转为老年

和小重孙的童年融为一体

在儿童节做游戏

我们玩足球

请小猫当裁判

我在小重孙的球门前跌了一跤

得到一个点球

我赢了

小重孙生气了

说我假摔

他板起脸

你的赢是假的

我不跟你玩了

学人荐书 《菊味轩诗钞》

《菊味轩诗钞》
俞律 著
黄山书社

    《菊味轩诗钞》中华诗词研究项目,是一套当代诗词家别集丛书。共辑录内编、外编、续编,收录我的诗词作品千余首。此集以"情真、格高、语美、律严"为标准,在思想性与艺术性完美统一的前提下,兼容各种题材、体裁、风格与流派。附编《诗海初渡》介绍传统诗词的创作方法,为南京市文联文学创作讲习所(青春文学院)教材。

开卷有益

刘律

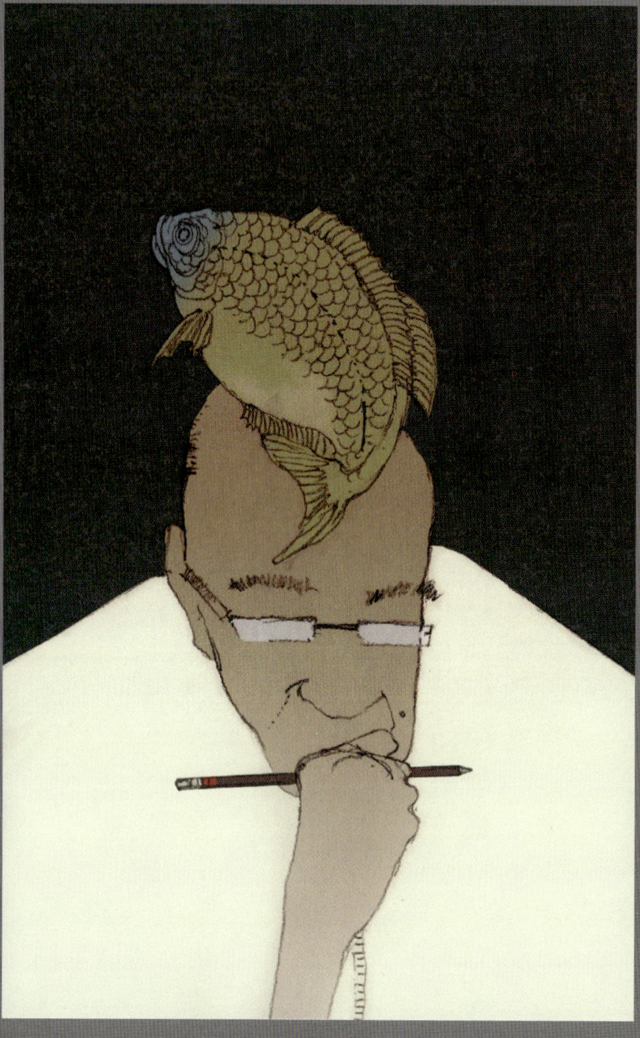

丁　捷

当代著名作家,江苏省作协副主席,江苏省诗词协会副会长。14岁开始创作和发表文学作品,作为文学早慧生被南京师范大学中文系免试录取。在30多年的写作生涯中,创作了长篇小说《依偎》《亢奋》《如花如玉》《撕裂》,长篇纪实文学《追问》,出版短篇小说集《现代诱惑症》,诗集《沿着爱的方向》《藤乡》,大散文《约定》《初心》,儿童文学《小困兽》《星公主》《卖乖王》等,曾获亚洲青春文学奖、中国图书奖(合作)、当代小说奖、江苏省精神文明建设"五个一工程"优秀作品奖、中国输出国际版权优秀图书奖、徐迟报告文学奖、紫金山文学奖、江苏省新闻出版政府奖、金陵文学奖等重要文学奖项,获得"今日中国"摄影等多项艺术奖励。

周学手记

碰见一位久违的师长，开场寒暄的是，好久不见，都是"疫情"作乱，不然早见了。是啊，是啊，师长本就含蓄，于是我也就跟着诺诺。疫情真就成了借口，拿来妥协、逃避或"认罪"，显得既温情又合理。事物总是利弊参半，有人丢了什么，有人得了什么。《依偎》以最强的马力在我的脑子里《追问》了整整一周，使我在这次疫情禁足期间，继访谈丁捷先生之后，得以换一个切面再次认识这位观察家。

公共经验是否可以完全覆盖或替代个人经验？如何在介入和自律之间寻求平衡？将人生阅历付诸写作经历，仅有观察，显然又是不够的。同样一台戏，台下人身份有殊，体会大不同，有人掩面，有人怀疑。以写作人的视角观察那些个经历，大学教师、领导秘书、援疆干部、企业高管，随时能够将自己全身抽离出来，那些现实的摸得到的卷宗，有多少超出了现实的边界;那些非现实的停不下的思考,又有多少透映了现实的死角。通过文字代码的形式转化为另一种经历的存在,于是诗歌、小说、散文及至非虚构文学、摄影文学、绘画文学,文体多样性写作的背后,是其广泛的艺术兴趣与充沛的创作精力。或许这种近乎官方的评价,在丁捷先生看来会生出厌烦。对"职业化"写作深度怀疑,既是他桀骜的姿态也是他洁净的底气。没错,他是那个尽早离场的人,也是那个散场后留下来捡拾舞台上散落道具的人。

　　文学理应引导更多的人树立正确的价值观,这才是文学的核心价值。"文学不仅有文采的问题,文学还引导你怎么做人,怎么看待这个世界,怎么培养内心的情怀和正确的人生观、价值观,而这种是非观是文学的核心价值。文学不光呈现美,更重要的是向我们呈现心灵的真实和正义。"丁捷说。

文学中的生命思索

"文学早慧生"
在南京开启了文学之路

作家丁捷的简介中总是少不了"文学早慧生"的称谓。《落叶的胸怀》是他最早发表的一首散文诗,那一年他14岁。一年后,丁捷的又一篇文艺随笔被《文汇报》刊发,汇款单邮寄到了丁捷所在的学校,引起了不小的轰动。

《文汇报》是一份面向全国发行的综合性日报,在中国当代社会和中国新闻史上产生过重大而深远的影响。那个年代,一个县城的中学生能够在这样一份具有影响力的报纸上刊登文章,这么大的"世面",丁捷的老师们首先选择了不相信。丁捷在向老师们保证文章为自己原创之后,很快又在《文汇报》发表了一篇文章。你可以想象一下,一众在场者表情的转换,认清事实后,大家为丁捷在文学上的早慧而惊叹,他成了"小镇名人"。

20世纪80年代,一段文学的辉煌岁月,各种文学期刊、各类写作比赛层出不穷,全国涌现出了一批跟丁捷一样的少年作家。带着"文学早慧生"光环的丁捷,在高中时期不仅先后拿过大大小小二十多个作文竞赛奖,获得了"杰出少年""十佳校园作家"等称号,还敲开了被奉为全国中学生"神坛"的《中学生文学》杂志的大门。那一年,丁捷作为南通市中学生代表,第一次来到南京,参加全省作文大赛现场决赛,与全省600多名同龄人现场竞赛,崭露头角。随后,作为文学特长生,丁捷被南京师范大学中文系录取,自此在南京这片文学土壤上开启了他的文学之路。

受父亲的影响，丁捷少年时就热爱阅读

对话 | 周学 × 丁捷
南京给了文化人很强的认同感和归属感

第一话

周学:"好的文字就如同好酒",这句话是谁说的,我已经忘记了出处,也有可能就是我的亲身感受。为什么有这种感慨呢,前段时间读您的《依偎》,读完之后,我感觉整个人是晕晕乎乎的,好像现在还没有从小说的情境中跳脱出来。您的身上有很多标签,比如说"灵魂作家""青春写手",再有就是"文学天才",少年成名。您都经历了什么?

丁捷:我最早发表的作品是一首很短的散文诗,《落叶的胸怀》,是描写落叶的。我父亲在小书房前的院子里种了几棵树,秋天,我坐在小书房里,看到树叶慢慢地掉光,落叶在地上慢慢地腐烂。我突然感慨,树叶曾经美得让人惊叹、让人艳羡，秋天掉落到地上，慢慢地腐烂，又化为营养来滋养这棵树。我就写了一首散文诗来称赞落叶的胸怀。这篇文章让我拿到了三块钱的稿费，稿费单直接寄到了家里，没有人知道我发表了这篇作品。

又过了一年，我写了一篇文艺随笔，寄给了《文汇报》，结果《文汇报》真的刊用了这篇文章。当时在南通地区，我们都是订《文汇报》《解放日报》的，老师看到了这篇文章。后来稿费单来了，那个时候是八块钱，全校都轰动了。接到汇款单的老师没有敢直接拿给我，而是拿给了校长。所有人都认为这个孩子可能是抄了一篇文章，拿去发表了。

校长觉得这个事很严重，叫班主任把我找过去，跟我谈话。我跟他解释，我没有抄，文章是我自己写的。校长说，这也不像一个你这个年龄的学生写的东西，你要跟我们说清楚，不能惹事。他说，如果你惹事的话，在全国人民面前都要丢脸的，我说我向你保证这个是我写的。然后他说，我先把稿费单给你，我们还要继续调查这件事情。然后他还说，既然说你能写，你过一阵子再写一个，发表给我看看。后来，我很快又投了一篇文章给《文汇报》，又被采用了。这个时候，大家就全部都相信了。

现在回想，其实我能够理解他们的不相信。因为当时在地方上，很多文学青年如果能够在省级以上的报刊发表一两篇作品，就可以直接被调到县里面的文化馆或者电台去做记者，吃上公家饭。当时有很多热爱文学的工人、农民，拼命地写作投稿，最后发了一两篇作品，就能够被调到县里面，从而改变自己的命运。所以一个学生发表了文章，而且一出手就上了《文汇报》这样的报纸，他们能相信吗？所以我很快成了小镇名人。过了一两年，我上高中了，写作量就已经比较大了，也发表了很多作品。后来参加了各种写作类比赛，得奖也比较多。

20世纪80年代是一个非常崇尚文学的时期，各个地方也出现了一批文学青年，在中国形成了一个群体。我们后来都结成了笔友，到现在我们这个圈子也还在互相联系。比如现在中国作家协会的书记邱华栋，他是和我同时代的少年作家，我和他在那个时候就结成了笔友，现在也一直在来往。我到南京来上大学，第一个到访我的人就是一位南京本土的少年作家葛亚平，他现在是一名出色的艺术经纪人，我现在是他画廊里的常客。

周学：高中毕业时，您在《中学生文学》全省作文大赛中崭露头角，作为文学特长生，被南京师范大学中文系录取。可以说，在南京这片深厚的文学土壤上，您完成了从"文学早慧生"到著名作家的成长。在南京的求学和生活经历，对您的写作产生了怎样的影响？

丁捷：并非因为今天被命名为"文学之都"，南京才吸引和滋养文化人。南京一直是一座充满了文学气质的城市。这些年我问遍天下文友，就没听一个人说过他不喜欢南京。文人在这个城市往来无白丁，谈笑多鸿儒，很快可以在社会关系中找到自己的坐标。南京给了文化人很强的认同感和归属感。南京也是一个兼容幻想家与世俗者的城市。在南京可以有多种活法，不让人感到紧迫。她的博爱和崇文，使得手无缚鸡之力的文人得到呵护，不会陷入无助的窘迫。我来到南京后，就再也没想过离开。我毕业的那一年，我女友的父亲担心我会分配到其他城市去工作，问我如果不能留在南京怎么办。我不假思索地说，这怎么可能，我怎么可能一辈子不在南京。他哈哈大笑，说南京这个城市是为你造的吗，想留就留，想待一辈子就待一辈子？我说，是的！南京就是为我们这种人造的。我的自信来自一种无知无畏，但更出于一份直觉的笃定。

我大学毕业后并没有选择从事文学专业工作，而是选择了世俗职业道路。南京浓厚的文化氛围让我无法淡化内心的文学情结，我一直写才一直有那份自信。我估计像我这样的人，在南京并非个例。南京是一块适合作家成长的厚土。

丁捷的"池塘",向左是文字,向右是水墨

难忘父亲的教导:
"幼吾幼以及人之幼"

丁捷走上文学道路,离不开父亲的引导。

丁捷的父亲是一位文学青年。儿时,父亲就常为丁捷讲述小说上的故事,"那时候由于整个社会的读书量比较小,每个小说讲出来对大家来说都是一种惊天动地的震撼,特别能满足我们对外面世界的好奇与对人心的了解和洞察。"丁捷说,他从这时对小说、对文学产生了兴趣。在词典和父亲的指导下,十岁的丁捷读完了《青春之歌》,"我从此爱上了读书,尤其是文学类的书"。

父亲是丁捷在文学道路上的引路人,更重要的也是他人生道路上的引导者。"在我的教育上,他其实是动了脑筋的,但看似他什么都没做。我回忆不出来任何我父亲对我说教的行为,恰恰都是很放任的"。

丁捷对教育的关注正源于他对父亲教育做法的认同与感激:"不只我的父亲,世界上很多优秀的父亲,把他们的教育理念与精神提炼出来,'幼吾幼以及人之幼',推广到整个青少年群体的成长中去,让更多人收益。"

在是非面前，真理是权威

第二话

周学：您是很小的时候就已经开始阅读大部头的书了，怎么就能够读得进去？爱玩、好动是男孩子的天性，"识字量"也会天然地设置屏障，带来限制，那是什么原因，什么样的驱动，让您有别于其他孩子的选择呢？

丁捷：我的父亲是一个文学青年，他也希望我像他一样能够热爱读书、善于表达，所以会有意识地培养我对于阅读的兴趣。那个时候还没有电视，夏天的晚上，父亲和单位的同事一起纳凉或者一起打牌，经常带着我，他就会讲讲故事。他讲的故事其实就是讲小说，把他曾经看过的小说讲出来。由于大家的阅读量都比较小，父亲讲述的每个故事，都能带给大家极大的震动，满足了我们对外面的世界、对人心的了解和洞察。故事的魅力如此之大，一个会讲故事的人，马上可以成为一群人的中心。从那时起我对阅读产生了兴趣。

这个时候，父亲甩给我一部大部头，然后给了我一个小词典，10岁的孩子很多字还不认识，他就说，你弄个小词典，慢慢看，有不懂的也可以问我。就这样，借助词典的帮助，我磕磕巴巴地，可能花了一个暑假，把《青春之歌》读完了，这是我读完的第一部长篇小说。从此，我就爱上了读书，尤其是文学类的书。

周学： 您是父亲，我也是。说到父亲的时候，我感觉您的眼神里藏着不一样的亮光，像是在谈自己的一个偶像。

丁捷： 对。在关于我的教育问题上，父亲应该是动了脑筋的，但是他看似什么都没做。所以在我的回忆中，父亲好像从没有对我有过什么说教。如果有的话,恰恰都是很放任的。

我进入青春期之后就很叛逆，在学校跟老师起了冲突。老师就把我留着，不让我回去吃饭，还喊了家长。我父亲在外面开会耽误了，赶到学校也挺迟了。老师跟我父亲说这孩子问题很严重了，我父亲信誓旦旦地表示回去会狠狠教育。

等到一出校门，父亲就问我怎么回事。我就跟他说，班上开班会的时候宣布救济困难学生的助学金名单，老师问大家有没有异议。然后我就表示我不同意。因为名单里有一个同学，每天中午带的盒饭都是有鱼有肉的，家庭条件特别好，他有助学金。但是还有另一个同学，大家都知道他穷得不得了，他却没有助学金，我觉得这是不公平的。这位老师特别恼火，就揪着这个事，逮到我犯了错误的时候，狠狠地惩治我，惩治的力度超出我的想象和承受能力，有一个月上课的时间不让我回到座位，一直罚站。

我不服气，坚决不肯认输，坚决不做检讨，你叫我站我就站。所以他火了，不让我回去吃饭，还让叫家长来。我父亲听了之后破口骂了起来。我吓了一跳，以为是骂我，但是仔细一听原来他是在骂这个老师。我父亲挺我，说你别理他了，你不可耻。父亲在这件事上，支持了我的做法。

这件事对我影响很大。在是非面前，真理是权威，而不是有权威身份的人是权威。这就是我现在为什么特别关注教育的底气。不只是我的父亲，世界上很多优秀的父亲，我希望能够把他们的教育理念与精神提炼出来，"幼吾幼以及人之幼"，推广到整个青少年群体的成长中去，让更多孩子受益。

初心：文学不是寻找功利的手段
而是寻求自我的捷径

很多读者将《追问》这部小说视为丁捷从浪漫文学转向纪实文学创作的一道分水岭，丁捷却并不认同这种看法。

在他看来，纪实文学或是浪漫文学，都是人们对文学风格的一种判断，对他而言，并没有太大差别。"在《依偎》浪漫的表象下都是细腻的现实、青春成长的残酷和伤痛，这就是一种纪实。我在二十几岁到三十岁这一段时间，写过四五本纪实文学，只不过用的是笔名，而且都是在青春文学这个领域。可能因为《追问》是我的作品里面影响最大的一本书，它以一种纪实文学风格形式出现了，而另一本看起来特别浪漫的《依偎》，又是在《追问》之前的一本书，看似形成了一种创作风格的分水岭。"丁捷说。

丁捷从未将文学当成一种事业来经营，对他而言，题材与内容的选择都是"随心而来"。与写作类似，丁捷也从未将绘画当作一种职业。写作与绘画，对他而言都是表达对于人生、对世界看法的一种途径。在丁捷的画作中，"鱼"频频出现，这源于他对于生命的尊重。丁捷曾经亲手处理过活鱼，鱼在他的手中挣扎就如同在命运中挣扎的人类。从此，丁捷再没有处理过活物，鱼却成了他画作中的常客，他希望借此唤起人们对那些满足人类口腹之欲的生物的敬重与感恩。丁捷还专门写作了一首《护鱼九歌》，作为题画的常用内容："捷劝天下钓鱼客，将心比心唤良性。食鱼无过本平常，杀生作娱罪孽深。鱼同万物皆有灵，且说且画且护生，护生必然惠子孙，大道恩泽暖如春。"

文学呈现心灵的真实和正义

第三话

周学：很多文学界的读者，对您的文学之路做了这样一种归纳：以《追问》作为节点，您的创作由浪漫主义文学转向了纪实文学。您同意这种说法吗？

丁捷：其实不能算是一种转向，因为我向来就是这样走自己的文学之路的，就是不固定题材，随性而作，信手拈来。纪实文学也好，浪漫文学也好，都是人们对文学风格的一种判断，对我来说，并没有太大差别。其实你去读《依偎》，在浪漫的表象下都是细腻的现实、青春成长的残酷和伤痛，这就是一种纪实。在二十几岁到三十岁这一段时间，我写过四五本纪实文学，只不过用的是笔名，而且都是属于青春文学这个领域。可能因为《追问》是我的作品里面影响最大的一本书，它以一种纪实文学风格形式出现了，而另一本看起来特别浪漫的《侬偎》，又是在《追问》之前出版的一本书，看似形成了一种创作风格的分水岭。

我从来没有把文学当作一种专业来经营，所以我想写什么就是什么，我想选择什么题材就选择什么题材。坚持业余写作，就是因为我不想将写作当作获取功名利禄的一个手段。我觉得职业化写作没意思，如果一个人将写作作为自己的职业，那是最无趣的。尽管我非常喜欢自己的"作家"这个标签，但即使所有的人都把我当作家来看待，让我重新选择，我也绝对不会选择"作家"这个职业。

我也从来没有将绘画当作一种职业，其实我以前也没想过要去画画。大概在我四十岁的时候，有一次我回老家，去我干妈妈家里做客。她家门口有一条大河，她就在河里面拦了一张网，经常会有一些野生鱼被捕捉上来。她听说我要回南京了，就把网里养的野生小鱼给我，让我带回南京吃。我很高兴地把鱼带回来，养在厨房里面。

有一天，我打算杀鱼来吃。我发现我用手抓住这些鱼，它在我的手里面颤抖，我拿刀去剖它的腹部的时候，鱼就拼命跳动，你能感受到生命的挣扎，这个时候我就有一种非常

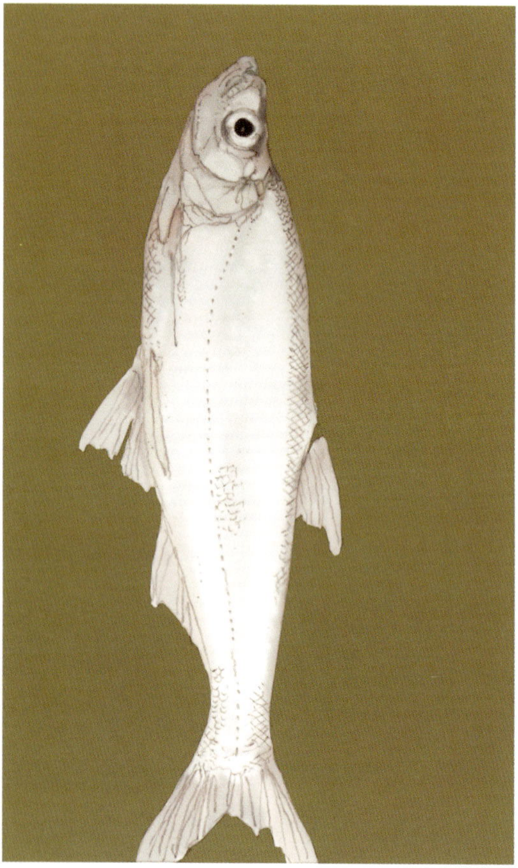

强烈的悲悯。这条鱼就像一个处在厄运中的人,被摁在砧板上,任人宰割,它多么无奈和痛苦,多么绝望。杀到第三条鱼的时候,我已经无法下手了。从那一天开始,我再也没有碰过任何活的动物。

后来我就对鱼这种生物特别关注。它是最常见的人类的食物之一,哺育了一代又一代的人。对于养活了人类世世代代的这样一种生命,你对它有没有产生过一点敬重、一点感恩和怜悯?如果一个人,连这一点感情都没有的话,那么人对其他生命、包括对同类,还有多少悲悯之情?

后来,鱼就成为我最想在作品中呈现的一种善良生命,因为鱼善良、奉献、无大欲求,给它一方水,它就能长大,成为人们餐桌上的美食。它也从来不主动攻击其他生物,这是一种多么好的生命啊。所以我就开始画鱼了,在画鱼的同时,我写了一首诗,叫作《护鱼九歌》。

我的作品,很多人看到都觉得很陌生,在题材和内容上跟任何其他人的作品都没有重复。因为文学不仅有文采的问题,文学还引导你怎么做人,怎么看待这个世界,怎么培养内心的情怀和正确的人生观价值观,而这种是非观是文学的核心价值。文学不光呈现美,更重要的是向我们呈现心灵的真实和正义。

周学：在纪实文学这条写作脉络上，您将笔触深入到当下社会现实的内部，切近具体的社会人群，关注他们的心理、行为路径，叩问人的灵魂。这种对于现实的深切观照与细致描写，应该离不开您丰富的职业与生活经历。您如何看待自己的这些经历对于创作的影响？如何看待"文学"与"现实"之间的关系？

丁捷：现实是一切文学的素材。文学的形态差异出于写作者的意识，对其加工程度、加工方式的差异。一个作家经历的现实越复杂、越丰富、越深邃、越残酷或越美好，他的创作就会呈现出相应的品质。我工作后大部分时间是在所谓的主流社会里拼搏，这不同于百分之九十以上的其他中国作家。写作《追问》，是我在担任纪检工作的那几年，悲剧人物频繁出现在我待的这个"主流"中，通过近距离观察甚至零距离相处，他们命运的跌宕和心灵的纠结，极大地震撼了我敏感脆弱的心。"主流社会"之外的社会人，几乎不了解这些人真正的精神世界，我身在其中，感受、感慨比他们多得多。我觉得我有义务捅开这层隔膜。我想通过文学来警示同行，也想让有趋利化倾向的全社会警醒——不要羡慕那些看起来光彩威风的人生，不要盲目追随世俗成功人生。每个人都要确立好一个朴质、明朗和淡定的自我，不要被浮华绑架。我觉得文学以其感性的优势，可以大面积地覆盖读者群，后来成为超级畅销作品的《追问》基本上做到了。我实现了自己阶段性的文学理想。

周学：从14岁走上写作道路到现在，不管身处怎样的工作岗位，您一直在坚持写作。在通过文学向读者呈现心灵的真实与正义之外，写作应该也带给您一种纯粹的精神满足与愉悦，我想这是您笔耕不辍的原因，大概也是您的"文学初心"？

丁捷：什么是你说的纯粹的精神满足与愉悦？我想，应该是写作过程本身带给我的体会，而不是别人授予作品的各种赞誉和版税之类的物质利益。写作过程的满足与愉悦，非常持久，而且容易再生。只要我一生坚持写作，这样的享受就会伴随我一生。获取它的途径如此简单，代价如此廉价，我何乐而不为！写作者创造一个自己虚拟的世界，然后沉浸其中，便有了强大的自我掌控感。人为什么茫然、空虚甚至绝望，症结就是不认识、不掌握自我，然后妄想去掌握世界、控制别人，最终必然陷入不断受伤、不断失去的恐慌，因为谁也不可能真正驾驭住了世界、驱使得了他人。

学人荐书 《罪与罚》

《罪与罚》
[俄]陀思妥耶夫斯基 著
浙江文艺出版社

我向大家推荐陀思妥耶夫斯基的《罪与罚》。小说里所描述的主人翁跟今天很多迷茫的年轻人有着相似的思想状态和生活情景。这本书能够警示处在困难中的年轻人,刚刚踏上社会时,怎样找到自己奋斗的正确坐标,怎样成为一个内心强大、能够建立起自己生活的一个正常的人,而不是在上帝和小丑之间游荡、甚至迷失。

曲水文华　与宁会心

丁建
2020.12.16.

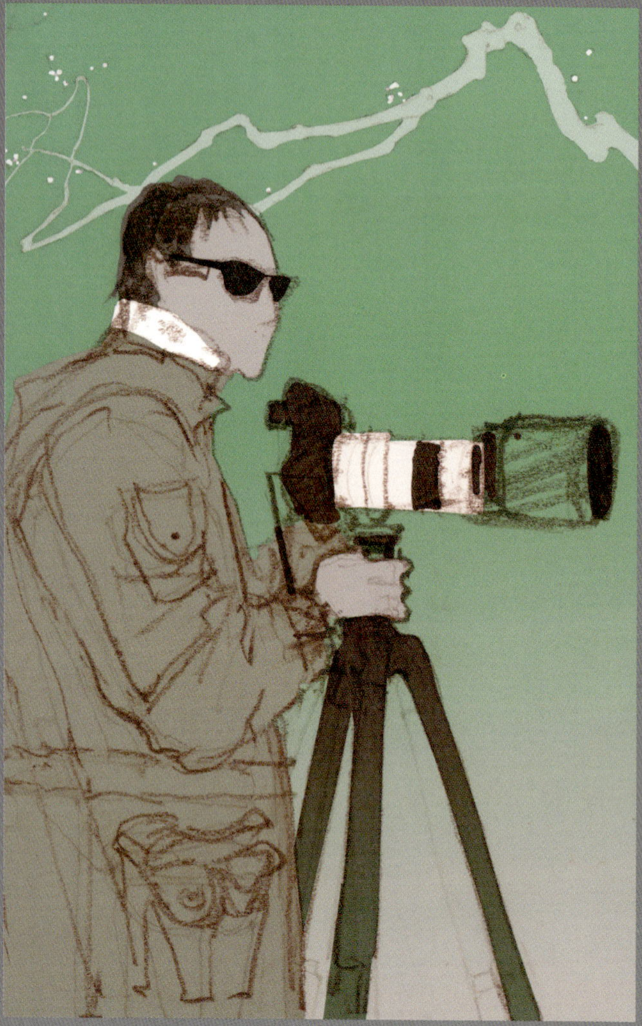

屠国啸

1964年4月生于南京,80年代初期开始从事摄影创作。现为中国摄影家协会会员,中国人像摄影学会常务理事,江苏省摄影家协会副主席,南京市摄影家协会主席。

周学手记

2015年,一张南京美龄宫的航拍照片在网络上引起轰动。照片中,秋日里的美龄宫在环山路的变色梧桐树包围下,构筑成了项链心形吊坠的图式,而美龄宫身处吊坠中间,犹如一颗绿宝石。7年之后,这张照片再次出现在"啸春风·梅花赋"屠国啸与李啸的书法摄影作品展,摆放在展览动线最后的位置,再次引来无数观众驻足合影,这张照片有了新的名字,叫作《金陵之恋》。

屠国啸对中山陵有多熟悉?用他自己的话说:我就是在这里长起来的。他戴着墨镜,肩扛着相机走在前面,一路往梅花山走,径直地走。屠总!屠老师!屠主席!他很适应这种花式招呼,在不同的人眼中他的角色确实不同。家里排行老九,叫他老九的上辈人几乎看不到了。20世纪80年代，屠国啸接过父亲的衣钵，开始在中山陵景区从事摄影服务工作。出于对摄影的热爱，在为人们留下"到此一游"的照片之外，屠国啸也将相机对准了中山陵四时的景色，很多为人们熟知的中山陵景点推广宣传照片，大都是屠国啸的作品。2013年6月，屠国啸的摄影作品《梅花欢喜满天雪》和《中山伟陵》搭载"神舟十号"游太空，这是中国航天器第二次携带个人摄影作品上天。

端起相机，屠国啸一拍就是四十多年。被相机定格的瞬间，鲜明地反映了改革开放以来人们精神面貌、生活方式以及城市风景的变化，是时代的记录，也是一份珍贵的历史档案。阅读屠国啸的摄影作品，是我们触摸生命脉动、体味历史变迁最直观的方式。在屠国啸看来，摄影的本体就是记录,记录城市的变迁,记录社会历史和人文的变化。对于日后的拍摄工作,他表示会将更多的精力放在纪实性题材的拍摄上,"在我有生之年,希望多去拍一些纪实性作品,记录我们这个城市的变化、祖国的发展,为后人留下一些记忆"。

在与屠国啸的交谈过程中,我能够感受到他对于摄影纯粹且真挚的热爱。能够从事一份自己喜爱的职业并为之付出毕生的精力,细想来,是一件多么幸福且可遇不可求的人生幸事。屠国啸的从业与创作经历,对很多当下的年轻人而言，也颇有借鉴意义：一门行业或爱好，如何由"技"入"艺"再入"道"？在热爱与勤奋之外，我们还缺乏了哪些东西？

影像中的生命律动

对话 | 周学×屠国啸
镜头中的历史变迁

第一话

周学：最初您为什么会来到中山陵景区工作？在从事摄影服务工作的几十年中，您体会到人们和社会发生了怎样的变化？

屠国啸：因为我的父亲在中山陵工作，所以我很小的时候，就跟着父亲来上班，很小就对中山陵很熟悉了。父亲退休以后，我顶替父亲的岗位，在中山陵景区从事摄影服务的工作。那时候，很多游客到旅游景点之后，都会在标志性的建筑前拍一张"到此一游"的纪念照，所以尽管那时中山陵的游客数量无法与现在相比，但我们摄影服务的生意特别好，几乎每一位游客都会拍一张纪念照片，有一首歌叫作"天安门前留个影"唱的就是那时人们的一种习惯。

从二十世纪八九十年代到现在，给游客拍照，能够看到游客生活水平与精神风貌的变化特别大。20世纪80年代，经济还比较落后，人们如果有块手表，给他拍照的时候，他一定会把手表露出来，现在这种情景您再也看不到了。服装方面，比如从过去统一的花布衣服、蓝卡其布的衣服，然后发展到喇叭裤、长头发、戴蛤蟆镜，拎着录音机的，各式各样的场景都有。

周学：近几十年来，中山陵景区所用的对外宣传推介的照片似乎都是您的摄影作品。

屠国啸：2000年左右，中山陵园管理局负责拍摄宣传照的人不多，我在进行摄影服务的同时，会拍摄一些钟山风景区的照片，提供给管理局用于宣传推广，所以那时候大部分的中山陵园的照片是我拍摄的。

我曾经拍过中山陵、音乐台以及灵谷寺的高空照片。那个时候租不起飞机，更没有无人机等拍摄设备，只能租吊车拍摄。用吊车拎一个篮子，人站在篮子里，吊车把篮子吊到30米左右高的位置去拍摄。在山上，有些地方开不进去吊车，只能想其他的办法。比如音乐厅，车是开不进去的，我就围绕着音乐台寻找合适的地方,看哪个树有合适角度、位置和空档,然后借助梯子、绳子等工具爬到树上,才有了大家所熟知的那张中山陵音乐台的全景照片。

周学:我知道您与很多摄影界的前辈泰斗有接触,在与他们的互动中,相信您一定有很多收获,能不能谈谈让您印象深刻的事情?

屠国啸:在20世纪90年代中期,我与号称"香港四老"的陈复礼、简庆福、黄贵权、连登良几位香港摄影家,通过摄影活动建立了友谊。我与简老可以说是忘年交,20世纪90年代后期开始,他几乎每一年都会到南京梅花山来拍梅花。与老前辈一起拍摄,能够学到很多东西,他们非常勤奋,也非常执着。拍一张作品,一次一次地拍,一直拍到满意为止。他们作品的构图与新的摄影构思,也都是我学习的榜样。

简庆福先生每次拍出来比较好的照片,都会经过后期制作,打印成专业级收藏型的照片,签名送给我。那时,我经常跟简老一起出去拍摄作品。在创作的过程中,我会注意给他拍一些创作情景的照片。简老特别满意的是一张他称为"红耳朵"的照片。简老的耳朵特别大,像弥勒佛的耳朵。有一次给他拍摄时,正好逆光,拍出来两个耳朵红红的,他很喜欢。

改装后的"120"相机可以多拍一张照片

摄影的本体是记录

第 二 话

周学:2015 年,您拍摄的一张南京美龄宫的航拍照片一夜之间就火了,被法国梧桐包围着的美龄宫,犹如一颗镶嵌在珍珠项链末端的宝石。

屠国啸:这张照片拍出来以后,很多人问我,你怎么知道美龄宫是这样一个图形?其实你只要关注一下地图都能看出来,只不过以前没有拍摄条件。我在中山陵拍摄了很多景色的照片,一直都希望能够拍摄一张美龄宫航拍的照片,只是吊车没办法达到理想的高度。直到无人机问世,2015 年我买来无人机之后拍了几张照片,因为是夏季,画面中一片绿,效果不太好。我就想秋天的时候拍摄一定非常好,因为秋天

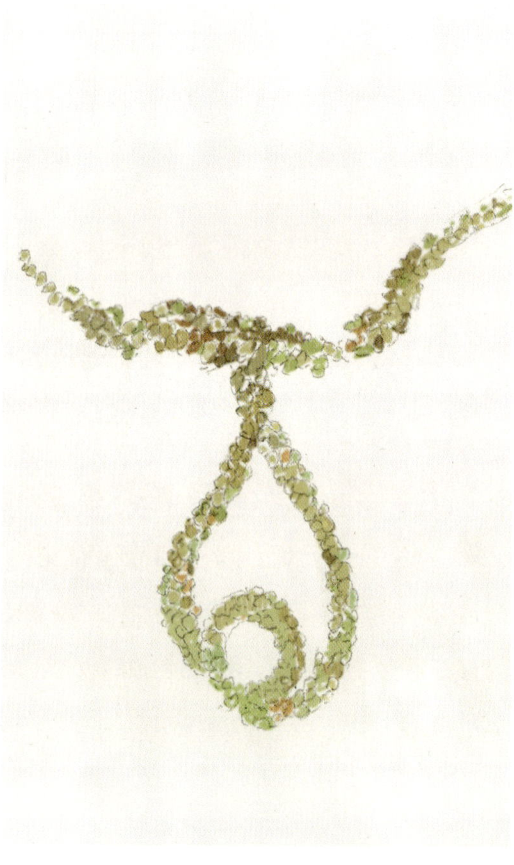

的梧桐树，呈现出来的黄色和其他颜色不一样，而且梧桐树是比较密的。那年的秋天一直在下雨，我一直在等待天晴，一直等到不能再等了，再等可能叶子就要落了，那天正好出了一点太阳，我就拍了一组照片。后来我放在朋友圈里，当天晚上就传开了。

周学：从父亲的手中接过相机，这一拍，几十年就过去了。中山陵四季的嬗变见证了您的成长，也滋养了您的艺术，您选择用手中的相机去记录这个时代，记录这座城市的美好，如何看待您与南京的情缘？

屠国啸：从小我就生活在这里，后来又在这里工作了一辈子，所以对紫金山充满了感情，一定要带着感情来拍摄照片。整个紫金山景区31平方公里，其中有很多景点蕴含了很多故事，怎么用图片呈现景点背后的故事和历史，这是我们摄影师要构思的。

我也是从这个角度出发，一直不停地在拍摄。在紫金山，每个时代有不一样的风景，每个季节也有不一样的风景。很多人说拍摄风光景色，今年拍是这样，明年拍还是这样，其实不一定，景色是会发生变化的。这几年，整个钟山风景区变得比以前更美了，比如说树种的更新，特别是一些小品，秋天的枫叶,夏天时树的阴影,包括梧桐树的树干、树皮的图形都是可以创作的题材。最开始从事摄影创作的时候,我喜欢去新疆、西藏、皖南,总感觉好像身边没有什么可拍的。其实,生活中的很多事物都可以成为创作的题材。

在我看来,摄影的本体是记录,记录城市的变迁,记录社会历史和人文的变化,这隶属于纪实摄影。我看过很多前辈们拍摄的二十世纪六七十年代的照片,觉得非常珍贵。20世纪80年代的时候,我自己拍摄的纪实作品还不是很多。有生之年,我希望多去拍一些纪实性作品,记录我们这个城市的变化、祖国的发展,为后人留下一些记忆。在走不动的时候,我可以用拍摄的素材,进行一些艺术创作,完成一生所追求的摄影事业。

周学: 一年一度的中国南京国际梅花节,是南京市春节过后的一个重要旅游节庆活动,也是展示南京旅游形象和风采的重要平台。

屠国啸: 从1995年开始,来梅花山赏梅的游客逐年增多,当时只是一座小的梅花山。那个时候,因为我在中山陵负责经营活动,每到梅花盛开时,就会到梅花山布置经营网点,为赏梅游客提供摄影等经营服务,同时提议并联系了柯尼卡公司赞助，组织举办了"柯尼卡杯梅花摄影大赛"并取得了成功，起到了一定的宣传推广作用。到了1996年，中山陵园管理局就举办了"1996南京梅花节"，后来逐渐变为了由市政府主办的"国际梅花节"，一届一届就这么办下来了。中山陵环境综合整治之后，梅花山被开辟为梅花谷，梅花种植面积增加了一倍多，现在容纳的游客也多了。

刚开始办梅花节的时候，游客都喜欢拍人，在梅花树下摆一个姿势，拍一张留念照。现在，基本上是来拍花，拍景色的多。不管是摄影爱好者还是普通市民，都是"长枪短炮"或者拿着手机在拍摄，人们的旅游观念也发生了很大的变化。

周学：一个摄影的初学者，怎样拍梅花，才能拍得好？

屠国啸：想要拍好梅花，是一件很难的事情，因为花太美了，在人的概念中梅花就是非常漂亮的一种植物，想用一张照片来反映它的美，很不容易。你拍出的照片，很可能让人看了之后感觉失望：这张照片好像没有反映出梅花的美丽。在中国文化中，梅花又具有一种不屈不挠的精神品质，这又应该如何去反映？所以，观众本身对于梅花的摄影作品有很高的要求。

镜头有各种不同的类型，长焦、广焦、中焦、微距，不同的镜头有不同的特点和用法，我个人觉得拍梅花还是应该用长焦大光圈，这样才能把梅花与背景的关系处理好，突出梅花的主体。拍摄梅花与天气也有关系，下雪天拍是最好的，当然这是可遇不可求的。如果没有下雪，什么时候比较好呢？是阴天或者是下雨天。下雨的时候，梅花花瓣非常润，空气也很干净。天气潮湿，梅花的树干就会比较黑，呈现出水墨画一样的黑，这个时候就能把背景压下去，凸显出梅花。

一幅好的摄影作品是会说话的

第 三 话

周学：随着时代的进步，越来越多的人喜欢上了摄影，用摄影记录生活、表达自我。对于摄影初学者,您有什么建议？比如如何选择合适的题材、选择合适的摄影器材？

屠国啸：胶片时代其实离开我们并不远。20 年前，我们出去创作一周时间，最多也就带上 10 个 135 胶卷和 10 个 120 胶卷，也就是说最多拍摄 400 张左右。时代进步了，如今大家都用上了数码相机，一个摄影爱好者包括专业摄影工作者,如果遇到一个好的题材,可能一个小时就会拍摄几百张,普通人可能每天也都会用手机拍摄几张。拍摄的方便、传播的方便应该也是许多人喜欢摄影的一个原因吧。至于器材,现在手机的拍照功能都非常强大，对于一般人而言，他们完全可以利用手机拍摄记录他们的生活、记录他们的所见所闻。其实照片不仅仅是今天看的，10年后、20年后再看可能更有意义，所以不仅要拍好，更要长期保存好；对于初学者来说，一台微单配上一个长焦段的变焦头就可以了，手机可以替代广角，当然不反对条件好的配上昂贵的专业器材。至于题材，那就太多了，只要有时间，您可以去"扫街"，大街上匆匆而过的市民；您可以去旅游，祖国的山山水水、花花草草，这些都是您创作的题材。摄影本身就是可遇不可求的事，纪实摄影需要遇到好的气氛，风光摄影需要遇到好的气象。总之，因人而异，因题而异。初学者一般喜欢模仿，这也是近些年来许多地方出现所谓"最佳摄影点"的原因，某个地方一张照片获得什么奖或者在网络上成为网红照片后，许许多多的摄影者蜂拥而至，甚至有组织者组织好群众演员，布置好场景，拿着扩音器对着摄影者高喊光圈多少，快门多少，感光度多少，开拍！对于初学者而言，我不反对模仿，您可以作为一种练手，作为一种提高的过程，在模仿中去领悟、去学习，但这绝不能成为正式的作品，您可以从他人的作品中去领悟、去升华，去重新构思，最终成为您独特的作品，久而久之形成属于您的个人风格。

周学：在您看来，怎样的摄影作品称得上是"好的摄影作品"？在您从事摄影工作的这些年来，人们评判摄影作品的标准发生了怎样的变化？

屠国啸： 关于这个问题不太好说。摄影有很多不同的门类和题材，风光摄影、人像摄影、纪实摄影等，各个门类、各种题材的摄影作品有着不同的评判标准。简单地说，一幅好的摄影作品是会说话的：有视觉中心、具有一定的视觉冲击力来吸引读者的眼球，让读者一眼就能看懂作者想要传达的意图，或者让读者在欣赏后能产生一定的想象；有思想、富有感情，无须文字就能让读者读到作品背后的故事；构图、用光讲究，明暗、虚实、色彩关系处理得当；画面中出现的被摄体能简单绝不要复杂，简洁明了。另外，纪实作品能反映精神之美、文明之美、社会之美，风光、艺术等作品能反映形式美、自然美，可谓各美其美，美美与共。

人们的审美情趣和审美格调不是先天的，是随着生活水平的提高、文化程度的提高、阅读量的增加包括科技的发展而变化的。对摄影作品的评判也一样，随着时间的推移，你可能会发现纪实作品越来越好、越来越有价值。而艺术摄影作品，随着时代的发展，人们的品位越来越高，应该说日趋成熟。举两个例子，单从彩色摄影作品的色彩而言，数码冲印刚刚出现的时候，饱和度高也就是色彩艳丽的照片就非常抢眼，往往在评选中就能脱颖而出，那是因为当时绝大部分都还是传统冲印的照片，无法提高饱和度。数码普及后，人们又比较反感高饱和照片而喜欢弱饱和照片。无人机出现后，上帝的视角一度成为追捧的对象，因为上帝能看到的景致常人无法看到。所以，以前摄影师是靠技术，现在是靠想象，数码时代没有做不到的，只有想不到的。

周学：国内外有很多著名的摄影大师，比如埃拉德·拉斯里、薇薇安·迈尔、马丁·帕尔等，能不能为读者推荐几位您比较喜欢的摄影师及作品？

屠国啸：著名摄影大家都有着属于他们各自独特的风格，每个人都有着传世之作让人百看不厌，经久不衰。比如您所提到的埃拉德·拉斯里、薇薇安·迈尔以及马丁·帕尔，其中埃拉德比较年轻且属于跨界艺术大师，其作品充满浪漫主义色彩，薇薇安和马丁都属于有着各自风格的纪实摄影家。相比而言，我个人更加喜欢华人摄影家陈复礼先生、简庆福先生的作品。喜欢他们，一是二老都喜欢创新。从二十世纪四五十年代开始，他们在各个时代都创作了不同的创新传世作品；二是可能我与二老都比较熟悉，有着跟随他们共同创作的经历，在共同创作中，看到了他们在八九十岁高龄时还为了创作不怕吃苦的勤奋精神，看到了他们紧跟时代勇于创新的理念。特别是简庆福先生，从20世纪90年代后期一直到2015年，几乎每年都会来南京，来拍梅花。从70多岁一直拍到90多岁，我们多次一同去过福建霞浦、宁德，去过内蒙古坝上，去过山东微山湖，去过上海、北京、浙江等。至于他们具体的作品，我想就不用我推荐了，大家网上都可以找到，不妨去检索观摩。

学人荐书 《诗影凡心》

《诗影凡心》
陈复礼 著

  《诗影凡心》是摄影泰斗陈复礼先生出版的一本画册。书中收录了陈复礼多年拍摄的摄影作品,包括他与很多著名书法家合作完成的摄影作品。对摄影感兴趣的人能够在这本书中吸取很多养分。

记录历史．
记录人生．

2021.2.26

记录历史 记录人生

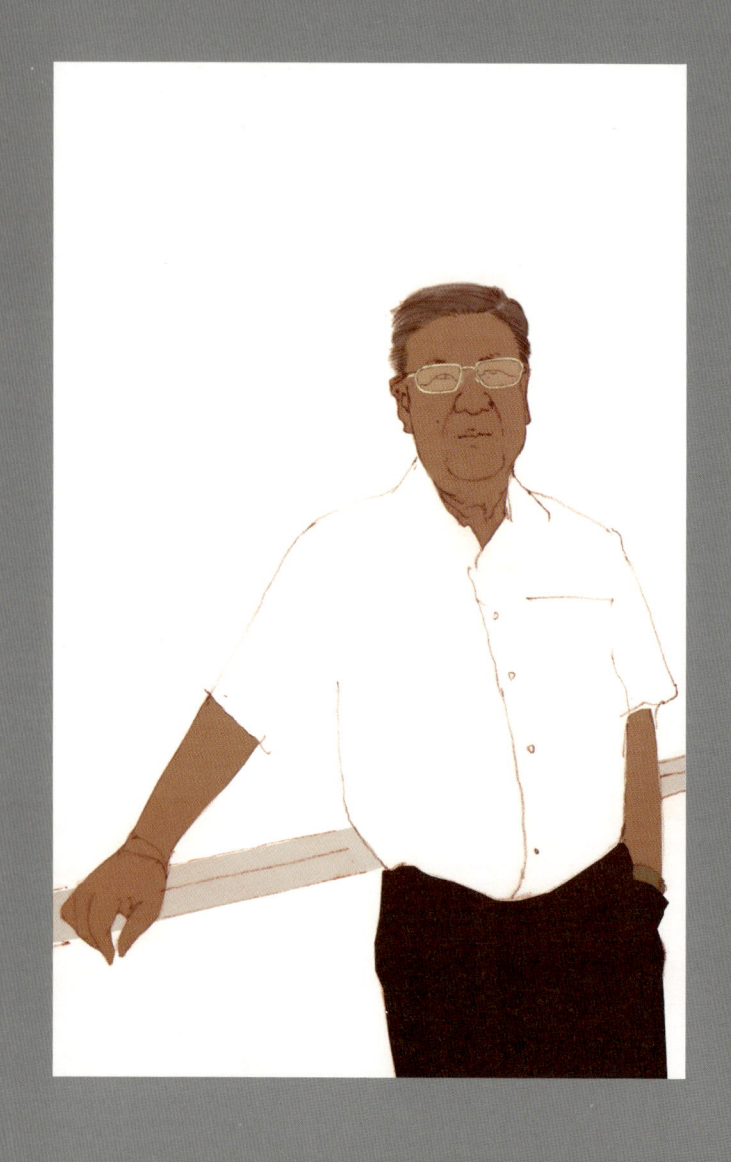

萧 平

别署平之、戈父。室名爱莲居。1942年生于重庆,祖籍扬州。1963年毕业于江苏省国画院。曾于南京博物院任书画鉴定之职19年,集书法、国画、鉴赏、史论、收藏等于一身。1983年以来,多次应邀赴美国及欧亚洲各地讲学、考察,出席国际艺术史高层论坛并发表论文和演讲,出版《丹青论古今》《萧平之书、画、鉴、藏、论》等研究专著13部。

周学手记

"夫榕者,南国胜植,秀甲于林。阅尽人间春色,看惯万物枯荣。美哉其冠,浓荫蔽日,缤纷炫煌,壮哉其根,参差百曲,捭阖苍穹。"萧平,书画鉴定界的"江南一眼",他集书法、国画、鉴赏、史论、收藏等于一身,在诸多方面均有不凡的造诣和建树。萧平的绘画、书法作品不拘一格,借古开今,清新放逸。他的作品中既洋溢着新金陵画派诸家的生活情味,又具有宋元明清诸家的雅致和气韵,除此之外,他雅善书法,善于在书与画的联系中相互参悟,塑造出独特的艺术风格。

20世纪60年代初,萧平从江苏省国画院毕业后,被分配到南京博物院,从事古书画鉴定工作。20世纪70年代后期,萧平有幸得入徐邦达之门,因出色的鉴定能力与学识受到徐邦达老先生的赏识,被带在身边亲自教导培养,并倾囊相授。"国眼"徐邦达,与启功、谢稚柳并称为中国书画鉴定三大家,是当代中国书画鉴定大师,人称"徐半尺"。一件作品只展开半尺,也就是十几厘米,他就能够判断出作品出自何人之手,定出真伪。徐邦达先生用各地征集和收购到的3500幅珍贵书画作品为基础,重建了故宫博物院书画馆。

古稀之年的萧平,谈起自己的恩师,依然激动不已。也正是受到了徐邦达等前辈先贤的影响,萧平从不敢懈怠,借笔为橹、艺海泛舟,日复一日、年复一年。他曾说过:"自己相信,建筑一个广阔、深厚的基础,才有成功塑造大厦的可能。"正如学界对他"古榕派"的定义,萧平也成了书画界的"艺术辞海"。

在不惑之年,萧平将自己的画室"朝华馆"改名为"爱莲居","清水出芙蓉,天然去雕饰"的荷花成了萧平的偶像。在他眼中,荷是一大珍品,从物质到精神,可归纳为一个"美"字——"淡薄于功利,不依不傍,唯真、善、美是求"。

人生的意义和价值是什么?不同的人会有不同的答案。萧平曾经用20年的时间致力于吕凤子先生的艺术推广,搜集凤先生的作品及史料,研究凤先生的理论和思想,呼吁世人重视对凤先生的研究。在《凤先生是不能忘却的》一文中,萧平留下了这样的文字:儒、道、释,真、善、美,凤先生是一位真正的学者型艺术家。荷也罢,凤先生也罢,或许正是萧平对于自己人生意义和价值所寻找到的答案。"一个文化人、艺术家要有自己的个性,要有自己的真性情,但同时一定要有社会担当。"萧平说。

墨海中的生命领悟

对话 | 周学×萧平
"金陵画派"与"新金陵画派"

第一话

周学：说到绘画，不得不提及南京的"金陵画派"和"新金陵画派"。金陵画派，是明末清初活跃于南京地区的艺术流派，以龚贤为首。20世纪60年代，诞生了以傅抱石、钱松嵒、亚明、宋文治、魏紫熙等一批画家为代表的新金陵画派。这两个画派之间有没有什么联系？

萧平：我这几十年都生活在南京，所以对南京的历史以及人物都特别有感情。明末清初，金陵处于绘画艺术辉煌发展的时期。龚贤曾经讲过："今日画家以江南为盛，江南十四郡以首郡（南京）为盛，郡中著名者且数十辈，但能吮笔者奚啻千人！"能够动笔画画的超千人，足以说明当时南京绘画的风气之盛。现在所说的金陵画派，就诞生于这个时期。绘画史上一般不称为"画派"，只有"金陵八家"之说。但"八家"并不包括其时居于南京的重要的文人画家，如龚贤所称的"二溪"——石溪与清溪（程正揆）。鉴藏界对当时金陵画坛有一个整体的认识，称之为"金陵风"即"金陵风气"。放宽些，还是可以称为画派的。

"金陵画派"与"新金陵画派"有没有联系？肯定有联系。但有多少联系？很难说。两个画派之间有一个共同点：除龚贤是文人画家外，"金陵八家"大都是职业画家，他们的作品受到"院画"的影响，宋代翰林图画院及其后宫廷画家比较工整细致一类的绘画，物象交代清晰且好看。这个传统在"新金陵画派"中得到了发挥，体现出来就是写实精神，这是其一。还有龚贤、石涛对于傅抱石的影响，髡残技法在钱松嵒创作中的借用等，都反映了新金陵画派对于金陵传统的继承与出新。"新金陵画派"之所以能够成立，是因为将旧形式与新内容能够完美地结合在一起，用中国画的笔墨来反映社会主义革命、社会主义建设的新面貌和新风尚。"新金陵画派"是中华人民共和国成立以后中国画坛出现的被公认的第一个大画派。

周学：20世纪80年代，您在《以龚贤为代表的"八家"艺术》一文中提到，作为"八家"之首的龚贤，和与之并列的其他七位画家，无论艺术造诣还是成就都不在一个水平线上，他完全可以自成体系。为什么您如此看重龚贤，从中国绘画史来看，龚贤有着怎样重要的意义？

萧平：明末清初时期，山水画的主导风格是简淡，作画时多用枯笔皴擦。元代时期，中国的绘画从主要使用绢转向使用纸张，纸的表现性能远比绢好。所以元代开始出现了枯笔，枯笔易于造就苍茫的气息，而这是山水画所追求的。以前在绢上是没办法画枯笔的。明代以后，风气有所转变。明末清初时，山水画再度重于枯笔，并有发展。龚贤在40岁以前的画，也多取简淡的风格。

根据龚贤的自述，他在中年时看过米芾的作品，他常常在梦寐中惊醒，脑海中是米芾作品中一团团一片片的黑。因为米芾是用泼墨的方法画山水画。龚贤改泼墨法为积墨法，绘画也从简淡风格的"白龚"慢慢地过渡到"灰龚"。"灰龚"是我在写作《龚贤》这本书时创造的词汇，因为他的创作确实存在一个由白向黑过渡的阶段，从"灰龚"慢慢变成了"黑龚"，成了中国山水画史上"最黑的面孔"，那就是龚贤。他将积墨法用到了极致，最多可以十多次反复地积墨。同样的黑，积墨法画出来的，便有空气感，是活的。

将积墨法用到极致,这是龚贤绘画的一个重要特点。龚贤绘画的第二个特点是写实,他画过很多金陵的山水。龚贤同时也是位大诗人、书法家,他曾经编辑过中晚唐的诗集。他自己的诗集叫作《草香堂集》。当时,一位四川籍的诗人费密来看望龚贤,他们一起登上清凉山的清凉台,看到长江的景色,龚贤写下了《与费密登清凉台》:"与尔倾杯酒,闲登山上台。台高出城阙,一望大江开。日入牛羊下,天空鸿雁来。寓之在何处,满地是苍苔。"因为"台高出城阙,一望大江开"这句诗的阔大气概,傅抱石先生画过好几件《一望大江开》,亚明先生也反复地画过这个题材,我也画过若干幅。这也是金陵艺术之脉的一种传承。

延伸阅读
萧平说王齐翰

王齐翰,五代南唐时金陵(今江苏南京)人,生卒年不详。后主李煜朝(961—975年)为宫廷翰林图画院待诏。工画人物、佛道宗教画,兼擅山水、花鸟,以画猿獐出名。好作山林丘壑、隐岩幽谷,其画以笔法工细为特色。传世作品有《勘书图》(又名《挑耳图》),绢本,设色,上有宋徽宗赵佶书"勘书图""王齐翰妙笔",卷后有宋代苏轼、苏辙、王诜,金代史公奕,明代董其昌、文震孟,以及清代诸人题跋,现藏南京大学;《荷亭婴戏图》团扇,藏美国波士顿美术馆。

现藏于南京大学的《挑耳图》(又称《勘书图》),最初是一位名叫福开森的美国人买下的,他是金陵大学的创办者之一。福开森非常喜欢中国画,虽然他并不太懂鉴赏,但他买了很多。离开中国时,福开森将自己的收藏品全都捐献给了南京大学,其中最重要的作品之一就是《挑耳图》。画作主体是一位文士,一边看书,一边拿着耳扒子挑耳。虽然人物的脸部破损得比较严重,但是根据大体的形态,仍能够看出画得很生动。

王齐翰是南唐画院的画师。南唐画院可以说是中国绘画史上最早的画院之一,同时期的西蜀也有一个画院,出了黄筌等花鸟画名家。南唐画院汇集了更多当时的绘画名家:周文矩、顾闳中、董源、巨然等,所以南唐时期在中国绘画史上有着很重要的地位。

《挑耳图》的价值首先在于这幅画是王齐翰留下的极少数的真迹之一。《挑耳图》卷后的题跋非常可观,宋代苏轼、苏辙、王诜,金代史公奕,明代董其昌、文震孟等,皆有较长的题跋,不仅验证了作品的可靠性,即其本身的价值亦同样是顶级的。

艺术家要有真性情
也要有社会担当

第二话

周学：十年前,在您70岁的时候,写过一篇《游于艺——七十自述》。在文章的末尾,您是这么说的:"70岁,对艺术的跋涉者而言,还有漫长的路程在前。某些方面,甚至刚刚了然有悟,方才初尝甘苦的滋味……人生和事业,是在矛盾中和谐统一的。70岁对于我,或许是一个新的起点。"如今十年过去了,您有什么新的感悟和目标?

萧平：人生是很短的。很多深层次的知识和学问,实际上真正是到六七十岁的时候,才了解得透彻一些,所以那时候我规划了自己余生究竟还想做些什么。时间当然不像以前那样充裕了,有一种迫切感。10年又过去了,我始终并不觉得自己很老，虽然客观地从体力和精力而言，可能不如从前，但精神实际上没有什么变化，想做的事情还有很多。在这两三年中，我还兼顾着收藏日本名家的书画，已近千件，成了我收藏品的一个部分。收藏日本书画，是想说明一个文化现象：中国文化传统的强大生命力和影响力，致使异域在数百年间延续并开花结果，产生别样光彩。这是中华民族文化的骄傲。

至于规划未来的工作，我想起了曹操那句诗"老骥伏枥，志在千里"，还有很多未了的心愿、未竟的事业要做。一方面，要考虑自己精力和体力能否支撑工作；另一方面，还是不断地用自己的研究创作来填充所有可用的时间。对于近四十年间收藏的书画，我希望能够将其中对于艺术史有补益的东西整理出来，留给后人。当然还要创作一批作品，这批作品要更具特色，要充满个性。以前不少作品是因别人所求而作或者是因某一件事情而作。80岁以后，我要画我自己最想画的东西，更自由地抒写自己的情怀。

周学：回望走过的80年风雨，您觉得自己人生最大的幸运是什么？最大的遗憾又是什么？

萧平：我的工作本身就是我的爱好，这是人生最大的幸运。我曾在两个单位供职,一个是江苏国画院,另一个是南京博物院,都与我的专业密切契合。当然人生中也有遗憾,从1966年到1976年,在精力最旺盛的时期,经历了"文革",失去了专业研究和实践的基本条件,这是非常可惜的。我常常有时间的紧迫感,会感叹怎么一下子天又暗下来了。齐白石晚年治过一印"痴思长绳系日",意思是用绳子系住太阳,让它不要沉下去。齐白石享年93岁,在当时已经高寿,他还觉得时间不够用,需要用一个长绳把太阳系住。

周学:再过二十年,您100岁的时候,回望自己的一生,您希望世人能够给予您怎样的评价?

萧平:真正能够活到百岁的人为数并不多。最近,一位107岁的老作家马识途给我写了三个字,也就是我的卧室名"爱莲居"。107岁还能够写出如此遒劲的书法,对我来说,这是一个安慰,也是一个希望。到百岁再回望的时候,人生总是有遗憾的,但我觉得自己这一生,应该说我想做的事情,完成了一半以上。尽管有人认为我涉及的面有些广泛了,但有些东西是对社会的付出,作为一个真正的艺术家,不对社会有所付出,是不对的。一个文化人、艺术家要有自己的个性,要有自己的真性情,但同时一定要有社会担当。现在一些人只想到自己,想不到对于社会的责任,能够给别人什么。这些年,我做了一些公益工作,也在扬州特殊教育学校授课带徒、设立奖学金等。我觉得这类事情很有意义,很值得做。

董其昌《山水诗文册页》是爱莲居的传家宝

谈吕凤子与徐邦达:
前辈的精神引领

第三话

周学:谈到一个艺术家、一个文化工作者的社会责任与担当,我不由得想到了凤先生。吕凤子先生是新金陵画派奠基人,如果没有您的发掘和宣传,凤先生很可能就湮没在历史中了。凤先生曾经说过:"艺术制作止于美,人生制作止于善。人生制作即艺术制作,即善即美,异名同指也。"您对这句话也非常推崇。

萧平:凤先生曾经是中央大学(现为南京大学)艺术系的主任,也曾任正则艺专校长、国立艺专校长等职,受到许多人的推崇。钱松喦先生曾经说过,当今画坛他最佩服的是吕凤子,人品第一,画品也是第一。"艺术制作止于美,人生制作止于善。人生制作即艺术制作,即善即美,异名同指也。"这句话也是我的座右铭。为人的最高境界是善,作画的最高境界是美,善和美是一体的。凤先生的一生就是这句话的写照。

在人生的最后阶段,凤先生抱病写了一本《中国画法研究》。在我看来,这本书是中国画赖以独立和生存发展的奠基之作。当时,一切都在向苏联和西方文化学习,中国文化的很多精华被漠视了。"中国画"这个名称已经被取消了,发表的国画都被称为彩墨画。凤先生能够在当时写出这样一本书确实是很了不起的。回顾凤先生的人生,他也是中国艺术教育和中国女子教育的先行者。他曾经两次散尽家财,创办艺术学校。

凤先生对西洋画和中国画都有非常透彻的了解,对中西方的哲学也有非常透彻的了解。在凤先生的作品中,中西方文化的结合是不着痕迹的,相比后来偏重于西洋画的一些画家更为高明。可惜的是,凤先生的作品阳春白雪、曲高和寡,所以认识他的人并不多。有人还问过我这样的问题:"萧老师,凤先生真的画得好吗?"现在很多画家对于中国艺术没有深入的了解和认识,无法辨别中国画作品的高与低,雅和俗,看不懂中国艺术,空有学位,却不识艺术,这是非常可悲的。如果仅仅从学位、论文去评论专业人才,却不注重真才实学,一定是会出纰漏的。

周学：提到您，好像始终绕不开另外一个人，那就是您的授业恩师、书画鉴定界的泰斗级的人物——徐邦达。您与徐先生之间的师徒关系，可以说已经近乎父子关系。

萧平：徐老与我的关系非常亲密，我们几乎是无话不谈。徐老是一位非常单纯的人。2000年，也就是徐老90岁的时候，亲临在北京昆仑饭店多功能厅举办的中国嘉德古书画拍卖会，拍下了王原祁临终前一年所作的一张山水画。从7万元起价，徐老举了75万。竞得拍品后，徐先生将牌子一扔，扬长而去。

一个人对艺术的爱好到了这种程度，年逾90，还跑到现场去举牌子。家里也不是很有钱，要写到哪一年才能靠稿费存七十几万。可以赚钱的东西其实很多，比如说画几幅画，马上就可以卖钱，但是他没有兴趣画的时候就不画；有兴趣的时候，一张四尺三开的画，他画一个礼拜也画不完。这是真正地对艺术的热爱，真正地在享受艺术，这是文化人的真性情。

徐老将拍得的这张画挂在画室，端坐了三天，观赏这幅画。第四天，徐先生打电话给故宫博物院的裱画师，嘱咐重新装裱。第二年，我到北京看望先生，一进门，先生就问我，王原祁那画裱好了，你看过吗？徐老让夫人把画取出，脸上带着愉悦的微笑，然后跟我说："萧平，这就是'中国的印象派'。"这是他数月来读画得出的结论,中国没有印象派,徐老借用了西方"印象派"这个流派术语,试图说明王原祁对于山水画的变革与创造。应该说,这是画史上的新发现。

萧平与恩师徐邦达

延伸阅读
萧平说董其昌

> 董其昌：明代后期著名画家、书法家、书画理论家，"华亭画派"的主要代表。董其昌才溢文敏，通禅理、精鉴藏、工诗文、擅书画及理论。存世作品有《岩居图》《明董其昌秋兴八景图册》《昼锦堂图》《白居易琵琶行》《草书诗册》《烟江叠嶂图跋》等。其画作及画论对明末清初的画坛影响甚大。书法出入晋唐，自成一格。作品《戏鸿堂帖》（刻帖）。

在中国绘画史和书法史上，董其昌都是一个划时代的人物。他的作品现在非常抢手，很难得到一件真迹。因为董其昌在世时地位就很高，在文化圈中的声誉也非常高，所以他流传下的大部分作品，不是代笔就是仿造的伪品，能够得到他的真迹非常不容易。十几年前，我有幸在香港佳士得拍得一件董其昌的亲笔作品，我将它视为传家宝。

这是很典型的董其昌作品，它有六张字六张画。曾经由清代大收藏家顾子山所藏。初看这件画，许多人会觉得画得笨笨的，有点稚拙。但细看,这些略带稚拙的笔墨又很有趣,又非常地耐人玩味。董其昌是用朴拙的外形包裹着灵巧和智慧,朴拙中含有大智慧。

学人荐书 《龚贤》

《龚贤》

萧平 刘宇甲 著

四川美术出版社

龚贤是"金陵八家"之首,是南京17世纪时一位重要的山水画家。他的作品反映了金陵的山山水水,也在中国绘画技法上有了新的突破。他不仅是一位画家,也是一位诗人、书法家,著有诗集《草香堂集》。

读书是快乐的

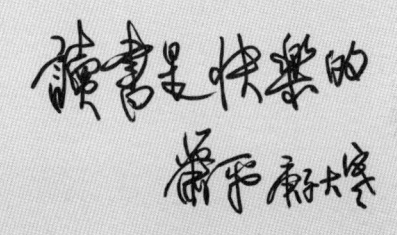

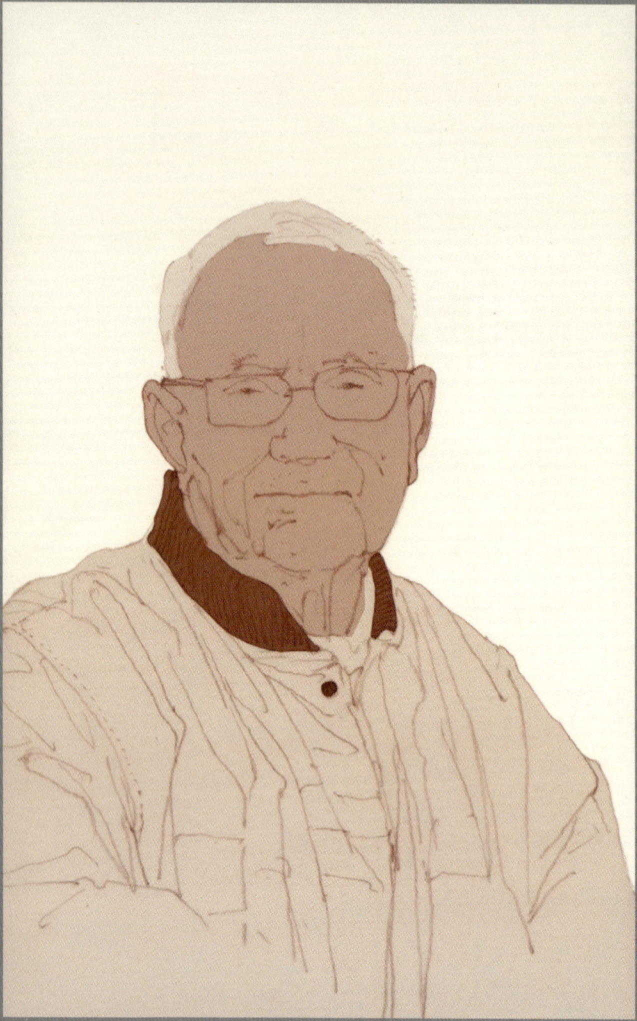

梁白泉

1929年生于四川省合川县。1951年毕业于南京大学历史学系，研究馆员。曾任南京博物院院长，中国文物学会理事，江苏民俗学会会长，复旦大学历史学系、安徽大学历史学系兼任教授。曾主编出版《中国大百科全书·博物馆·中国博物馆》《国宝大观》《吴越文化》等图书。1992年起作为具有突出贡献的专家，享受国务院政府特殊津贴。

周学手记

对话接近尾声时,梁老将我引到他的书房(准确地说是卧室加了一张桌子),摊开一本相册,一张一张地指给我看,这是谁,这是在哪里,哪一年。我的目光跟着他的手指移动。我按住其中一张南京大学的毕业证照片,上面的姓名是用工整的魏碑体楷书写就的三个字"梁伯泉",我好像发现了什么天大的秘密:为什么是"伯"?证书的原件呢?梁老不假思索地低头回应:毕业后我就没去拿,这份影印件是南博的同事拷贝来给我留作纪念的。"伯",嘿嘿,去掉那个人,那个自己,不是挺好的吗?我陷入了迷茫,有点不知所措。

1946年,18岁的梁白泉(那时仍叫"伯泉"吧)登上开往南京的轮船,离开家乡重庆。他被国立中央大学(南京大学前身)录取了。满怀着对未来憧憬的少年梁白泉,大概没有想到,此后的七十余年,他将扎根南京,从事中国文博事业,用毕生的精力,去探寻南京这座城市历史的厚重、文脉的源流。

梁白泉,南京博物院第四任院长,我国文博系统德高望重的学界前辈。他主持参与的镇江甘露寺铁塔塔基考古、高邮天山汉墓考古与盱眙南窑庄马湖店村考古,在江苏乃至全国考古界都算得上大事。

1960年4月,甘露寺铁塔塔基修复工程启动。当工程进行到重修塔身基础的时候,对塔基的考古发掘工作开始了。这次发掘持续了10天,出土文物两千多件,其中多是珍贵的唐代佛教艺术文物,尤为重要的是从南京古长干寺移来的感应舍利11枚。1979年5月起,高邮天山汉墓开始了为期两年的发掘,出土文物标本近一千件。据对文物标本的研究和测定，高邮天山汉墓当为西汉中晚期广陵王刘胥墓，是国内唯一保存完好的西汉大型"黄肠题凑"式帝王墓。

无数珍贵的文物经眼前这位衣着朴素的老人之手发掘、断代、鉴定，而他所经历的那些考古发掘过程，也被他一一记录在档案中。2015年，梁老将近千件档案捐赠给了南京市档案馆，其中包括许多未公开的珍贵手稿原件、考古笔记。

与此同时，梁白泉绝不是一位只知埋头于书斋的学者。从21世纪初开始，梁白泉就密切关注南京老城南区域的保护与改造工作，并在2002至2009年期间，几次联合众多专家学者上书有关部门，要求停止对老城南地区近乎毁灭式的拆迁改造。正是因为梁白泉等读书人的振臂疾呼，老城南地区得以进行保护式的开发。

  时至今日,93岁高龄的梁先生依然每天坚持读书,整理过去的工作笔记、写回忆录,记录他与南京这座城市的过往与情感。对话中,他曾多次用略带口音的话语,一再对我说:"我这大半辈子都献给了南京。"

我的生命属于南京

对话 | 周学×梁白泉
文博事业：多次参与主持重大考古事件

第一话

周学：西汉金兽，南京博物院的镇馆之宝，是中国考古发现的金器中最重的一件。它是古代金属铸造工艺和金器锤击工艺两种技法完美结合的产物，世所罕见。我刚到南京的时候就去参观过，真是令人叹为观止。后来我才知道，这件宝贝是您发现的。您先带着我回忆一下文物发掘的场景吧。

梁白泉：这件文物是1982年在盱眙南窑庄马湖店村发掘出来的，我当时正在苏北进行沿线考察。两个村民在自家农田首先发现了西汉金兽。他们当时正在疏通水稻田的水沟，拿着铁锄头，一锄头砸下去，就碰到一个硬东西，"哐当"一声露了出来。我当时就在边上。金兽挖出来之后，我们考古

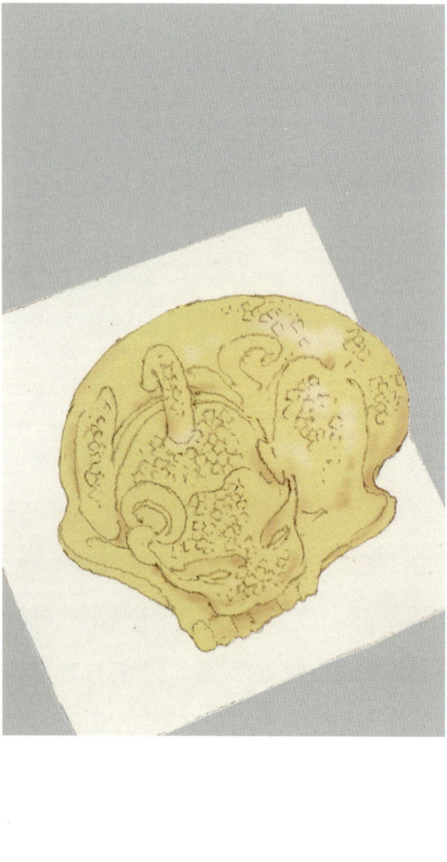

人员很快就把它运到南京博物院。这只金兽重达9100克，含金量达99%，是目前全国考古发现的金器中最重的一件。金老虎下面有一个壶，壶中有十几块楚国的货币"郢爰"。西汉金兽，一直到现在都是考古史上一个空前绝后的发现。

延伸阅读
先秦时期的货币

中国古代钱币历史悠久,在历史的长河中逐渐演进出系统完整、脉络清晰的中国古代钱币文化,在世界钱币史上独树一帜,是反映五千多年中华文明绵延不绝、灿烂辉煌的代表性物证。

春秋战国时期,社会经济出现繁荣景象。随着人口的大量增加,农业、手工业都有相当大的发展,商业活动也更加兴盛,官府商业和私人商业都得到了发展,《周易》中所记载的"日中为市,致天下之民,聚天下之货,交易而退,各得其所",描绘的就是当时典型的集市商业。随着经济的发展、市场交易的需求增加,各种形式的货币也就出现了。本文主要向大家介绍"蚁鼻钱""刀币""郢爰"这三种先秦时期的货币。

蚁鼻钱

有文铜贝是楚国的青铜贝币,被称为"蚁鼻钱"或"鬼脸钱"。这种名称并不是楚国贝币原来的名称,而是约定俗成的一种称呼。最早记录这种铜仿贝为蚁鼻钱的文献是宋代洪遵的《泉志》,他说:"此钱上狭下广。背平,面凸,有文如刻镂又类字,也谓之蚁鼻钱。"这里并没有详细说明刻镂的是什么文字的贝,大概是铸有"紊"字形和"咒"字的两种。"紊"字形贝,钱体上尖下圆,面凸,背平,阴文"紊"字形就如同一只蚂蚁爬在鼻子上,故称之为"蚁鼻钱"。"咒"字贝,钱体与蚁鼻钱相同。"咒"字仿佛是一个鬼脸,所以被后人称之为"鬼脸钱"。后来有文字的铜贝统统被称为"蚁鼻钱"。所谓"蚁鼻"本喻轻小,晋葛洪《抱朴子·论仙》说:"以蚁鼻之缺捐无价之淳钩(剑名)。"意思就是只因轻微的缺陷舍弃了无价的宝剑。可见蚁鼻钱就是小钱。

蚁鼻钱多出土于河南、江苏。鬼脸钱则在湖北、湖南、河南、江苏、安徽等地均有发现,1963年湖北孝感野猪湖一次出土鬼脸钱5000枚,面文为"咒"字,平均重约4.37克。以出土的地点墓葬和数量上看,蚁鼻钱铸行于战国早期(公元前5世纪),鬼脸钱则铸行于大约公元前4世纪至公元前3的战国中晚期。楚国疆土开始时并不算大，之后疆土逐渐扩大，蚁鼻钱和鬼脸钱的流通范围也随之扩大，逐渐在长江中下游一带形成了独立的货币体系。

刀币

我国历史上的货币中还有一种刀形币，后世称为"刀币"。

春秋时期，位于我国东部沿海地带的齐国，得渔盐之利，出现了商品交流的繁荣景象。伴随着经济往来的不断发展，齐国按照当地的风俗习惯铸行了一种形状像刀削（青铜刀）的青铜铸币，称之为"刀币"。它是由手工业和日常生活使用的工具刀削演变过来的。

"刀币"正式称谓是"刀化（货）刀币"，由刀首、刀身、刀柄和刀环四个部分组成。刀之缘以外廓，刃不向外，向左而不向右，所说凹背凸刃，刀首近于三象形，刀身和刀柄是大小相近的两个长方形，刀环呈圆形，这几种几何形体巧妙地组合在一起，形成了一种平稳周正、丰满、圆润的形象美和和谐美。据实际测量，刀环的直径与刀首的长度是 1∶7.5，恰好是人的头部与身高的比例。而整个"刀币"的长度（一般为 18 厘米左右）又几乎是人手的长度，如果将 6 枚刀币首尾相接，可组成一个圆环，这就是《周礼·考工记》中所说的"筑氏为削，长尺博寸，合六面成规"。这些精确的设计和巧妙的构想，是古代劳动人民聪明才智的充分体现。之后随着齐国疆土的扩大和与邻国的不断交战，齐国的刀币流通范围逐渐扩大到燕、赵地区。渐渐地，刀币因为铸地不同、形体各异而形成了"齐刀""燕刀""赵刀"三大系列。

郢爰

我国是世界上最早使用黄金的国家之一，在商代的墓葬中就曾发现过用金叶制成的龙纹装饰品，到了战国时期，黄金已经发展为重要货币之一。

我国古代的黄金主要产于楚国。楚国有一种有铭文的金钣（版），这种金钣大多呈方形，少数呈圆形，上面用铜印印为若干个小方块，看上去像乌龟壳。一块完整的金钣重约一市斤，含金量一般在90%以上。金钣上的铭文有"郢爰""陈爰""专爰""颖""覃金""隔爰"及"卢金"等字眼。这些带"爰"字的金钣，习惯上称"爰金"或"印子金"。"爰金"有形制、铭文、重量，是楚国的一种称量货币。"爰金"在今湖北、安徽、陕西、河南、江苏、山东等地均有发现，尤其以"郢爰"为多。"郢"为楚都城名，"爰"为货币重量单位。

求学生涯：
师恩难忘，终身享用

第 二 话

周学：当时，您到国立中央大学学习的专业是地理。读了两年之后，为何选择转去了文学院的历史专业？

梁白泉：那时候，蒋赞初和我喜欢的是人文地理。结果到了南京，我们一起上的是理学院的地理系，一门完全属于理科的专业，微积分、测量学……我们学不下去这些科目。读了一年之后，蒋赞初转去了文学院的历史系，我在地理系又读了一年，实在读不下去了，我也跟着蒋赞初转去了文学院历史系。

文学院历史系有三位老师让我难以忘怀：蒋孟引先生、韩儒林先生，还有一位贺昌群先生。蒋孟引先生教英国史。

贺昌群先生教隋唐五代史，他曾在黑板上写下《水浒传》中的《念奴娇·天南地北》："天南地北。问乾坤何处，可容狂客。"我对这首词印象很深刻，到现在都还能背诵。韩儒林先生既讲元朝历史又讲蒙古史，他所教授的很多学习方法让我受益终身，我现在看书、学习、写笔记，所用的都是他教授的索引、比较图、分布图、书目等方法。

国立中央大学理学院旧影

延伸阅读
镇江甘露寺铁塔佛舍利的来历

在江苏省镇江东北方向的长江岸边,有一处地势险峻的北固山,著名的甘露寺就位于主峰的峰顶。三国时期"甘露寺刘备招亲"的故事便发生于此。

镇江甘露寺铁塔,位于北固山后峰东部甘露寺长廊入口处。甘露寺铁塔在唐代初建时为石塔,后被大水冲毁,北宋末年改建为铁塔。原塔在明代因海啸倾塌,仅遗存最下面三层。

1960年4月,在甘露寺铁塔塔基考古挖掘中,考古人员于塔基三尺半处发现地宫。地宫内放置一长方形石函,大石函中有小石函数只。考古工作人员从石函中发掘出773粒佛舍利,其数量之多,前所未有。而其中最珍贵的,就是被学者考证为释迦牟尼佛祖舍利的11颗舍利。

"舍利"由梵语音译而来,意为"身骨""灵骨"。在佛教文化中,僧人火化后所产生的结晶体称为"舍利"。舍利在佛教中受到极高的尊敬和供奉。

根据佛典记载,佛祖释迦牟尼涅槃后,佛陀的追随者阿难等弟子将佛舍利分为八份,交给摩揭陀国、毗舍离国等八位国王起塔供养。公元前3世纪,孔雀王朝阿育王统一印度诸国后皈依佛教。为了弘扬佛教,阿育王下令发掘八王所建的舍利塔,将佛舍利分成八万四千份,重建八万四千座新塔安奉。

镇江甘露寺铁塔中的11颗释迦牟尼佛祖舍利又是缘何而来?考古人员在甘露寺铁塔大石函内发现了一些唐代石刻,其中最重要的两方石刻为《李德裕重瘗长干寺阿育王塔舍利记》(唐长庆四年,824年)和《李德裕重瘗上元县禅众寺舍利记》(唐太和三年,827年)。这两方石刻帮助考古工作人员确定了甘露寺铁塔地宫出土的11颗释迦牟尼舍利,是从南京的古长干寺中移来。

根据梁《高僧传》记载,公元247年,僧人康僧会来到东吴建业求见孙权,希望孙权能够修塔建寺、弘扬佛教。孙权表示:"若能得舍利当为造塔。如其虚妄国有常刑。"康僧会当即应允,并带领僧团"乃共洁斋静室。以铜瓶加凡烧香礼请"。第21天,"忽闻瓶中枪然有声……五色光炎照耀瓶上。权自手执瓶泻于铜盘。舍利所冲盘即破碎"。康僧会献上舍利，孙权也履行了自己的诺言，在南京兴建了建初寺及阿育王塔供奉舍利，而建初寺也被视为江南塔寺之始。

唐代长庆年间，著名政治家、文学家李德裕曾三次担任润州（今镇江）刺史，前后长达10年左右，自述为"三守吴门"。据《李德裕重瘗长干寺阿育王塔舍利记》记载，李德裕为祈求"永护城镇，与此山俱"，也为了感谢唐穆宗的提擢、重用之恩，于是决定兴建甘露宝刹，"以资穆皇帝之冥福也"。一座名刹自然要有舍利塔，长庆四年（824年），李德裕在已荒废阿育王塔的塔基内取得部分舍利，瘗藏在北固山后峰新建的石塔之下。这便是镇江甘露寺铁塔11颗释迦牟尼舍利的来历。

第二故乡：
我的生命属于南京

第 三 话

周学：18 岁孤身一人离家来到南京求学，在南京工作生活了这么多年，您如何看待南京这座城市的文化，对南京有着怎样的感情？

梁白泉：在南朝的南齐时期，齐武帝萧赜的次子名为萧子良，他被封为竟陵王。竟陵王通经学、史学，尤喜佛典，当时的佛教徒以及高级知识分子都成为他的座上客。由竟陵王萧子良召集，组成了一个名为"竟陵八友"的文人集团，包括萧衍、沈约、谢朓、王融、萧琛、范云、任昉、陆倕八人。萧子良信奉佛教，喜好与佛教法师探讨关于佛教经典翻译的问题，在将佛教经典翻译成汉语文字的过程中，汉语四声的音调逐渐定型。陈寅恪所写的《四声三问》便论述过汉语四声的形成过程。

在六朝时期的南京,还发生了很多对中国历史文化产生深远影响的事情。比如,梁武帝萧衍命人编撰了《千字文》。《千字文》是在中国使用时间最长、影响最大的儿童启蒙百科全书,从天文地理到人事关系,都有涉猎。萧衍还下令编撰了《通史》,所以,"中国通史"这门历史学科肇始于六朝。

孙中山先生在《建国方略》中说:"此地有高山,有深水,有平原。此三种天工,钟毓一处,在世界中之大都市诚难觅此佳境也。"孙中山说,全世界没有第二个南京城,所以一定要热爱南京。我在南京生活了七八十年,我的生命属于南京。

敏捷而严谨,梁老的话要猜着听

延伸阅读
汉语声调的形成

我们今天使用的"四声"划分方法——阴平、阳平、上声、去声,主要形成于六朝时期。六朝之前,在中国特殊的"文、言分离"的情况下,文字基本属于表意符号而不是表音符号,使得中文的语音系统相对不发达。一直到南朝沈约、周颙之前,中国文字究竟应该如何发声、声调如何标注,始终没有明确的结论。当时,最常用的办法是借用音乐中的"宫、商、角、徵、羽"五声音阶,然而语言的音调与音乐的音调之间存在很大的差异,并没办法做到完全配合得上。

到了南朝，随着佛教的盛行，由巴利文或梵文写成的佛经进入中国。在佛经翻译的初期，声音方面的问题并没有困扰翻译者。因为在"格义"阶段，即用儒家、道家思想来解释佛学的阶段，基本上是套用中国既有的语词来翻译佛经。随着对佛教经典翻译的深入，"格义"方式能表达的佛教概念变得有限。后来，就开始采用直接音译专有名词的做法。在翻译的过程中，翻译者必然会碰到多音语言与中文如何对应的问题，也开始在外来语言的刺激下省视中国自身的语音系统。

除此之外，佛教的传扬不仅包括对佛经的认识，还包括像"梵唱"这样的信仰仪式。而所诵的经文，并不是纯粹中文的。使用中文的文本进行诵唱，无法产生诵经仪式中的流动音乐性。因而"梵唱"所唱的，往往是介于梵文与中文之间的特别声音，保留了大量诸如"南无阿弥陀佛"这种模仿多音节语汇的声音。梵文这种表音体系的文字，尤其是多音节语言的特性，也刺激了六朝时期的文人产生了对语言的强烈的声音意识。

陈寅恪曾写过一篇题为《四声三问》的论文，考据"四声"的来历。在《四声三问》中，陈寅恪从文化与语言接触的角度，明确指出了梵文声律对沈约、周颙诸人四声说的发明起到了决定作用："南齐武帝永明七年二月二十日，竟陵王子良集善声沙门于京邸，造经呗新声，实为当时考文审音之一大事。在此略前之时，建康之审音文士及善声沙门讨论研求必已甚众而且精。永明七年竟陵京邸之结集，不过此新学说研求成绩之发表耳。此四声说之成立所以适值南齐永明之世，而周颙、沈约之徒又适为此新学说代表人物之故也。"

根据陈寅恪的整理考据，原本中国语言中最清楚的声音，是"入声"，因为是短促向下的，最容易辨识，也最早有了标示的方法。而另外三声的标示则受到了梵文的影响，印度古时《声明论》有三声，表现为音高的高低区别，正好可以和汉语的"平、上、去"三声相对应。将转读佛经的声调，应用在中文上，这种方式使得"四声"系统盛行。

在"四声"的基础上，沈约根据汉字四声与双声叠韵的特点，研究诗句中声、韵、调的配合，指出平头、上尾、蜂腰、鹤膝、大韵、小韵、旁纽、正纽八种五言诗创作中应该避免的弊病，称为"八病"。周颙、沈约等人将"四声八病"运用于诗歌创作，逐渐形成规范。

"四声八病"这一声律要求也进一步促进了中国诗歌创作的发展，南朝齐武帝永明时期形成了新的诗体——"永明体"。根据《南史·周颙传》记载，"永明时盛为文章，吴兴沈约，陈郡谢朓，琅琊王融，以气类相推毂；汝南周颙，善识声韵。约等文皆用宫商，将平上去入四声，以此制韵，有平头、上尾、蜂腰、鹤膝，五字之中，音韵悉异；两句之间，角徵不同，不可增减，世呼为永明体。"

"永明体"主要指五言诗，要求格律对偶，运用时应该避免犯"平头、上尾、蜂腰、鹤膝"等声病。它利用汉字的"平、上、去、入"四声，将四声音调不同的文字按一定的规则排列组织起来，使文章产生抑扬顿挫的声韵美。诗人在创作中进一步具有了掌握和运用声律的自觉意识，对于增加诗歌艺术形式的美感、增强诗歌的艺术效果有积极意义。

梁白泉：老城南守护者

中华文明造就了许多历史文化古城。历史记载于书籍和文物中，也凝结在城市的一砖一瓦上。历史街区与古建筑是一座城市的记忆，是城市历史的见证者，承载着城市的文化积淀。

南京老城南，就是这样一片蕴含着丰富历史文化底蕴的地区。老城南，指的是中华门内东、西两片围绕内秦淮河、以夫子庙为核心的明清历史街区，是南京历史最悠久的传统旧城区。

老城南的历史可以追溯到三国东吴，那时便有人依秦淮河而居。朱元璋定都南京后，沿秦淮河设置了十八坊，征调手工艺人安置于此，老城南的格局也就此形成：中华门以东是夫子庙和贡院，鸿儒往来谈笑；中华门以西商铺林立，手工业发达。"朱雀桥边野草花，乌衣巷口夕阳斜""烟笼寒水月笼沙，夜泊秦淮近酒家"，长久以来，老城南承载着无数文人墨客的想象和感慨。南京的方言、云锦、绒花、白局、灯会、盐水鸭等传统民俗和非物质文化遗产也都发源于此。

然而，厚重的历史有时难以追随城市现代化建设的步伐。1980年代初，老城南仍保留着完整的明清都市风貌。到了1992年，为疏缓交通压力，南京从保护街区中打通中山南路延伸线，老街区被接连拆除的序幕由此拉开。1995年，城南金沙井、百花巷传统民居保护区被破坏，明代状元焦竑故居、明代大学士程国祥故居、清代方苞教忠祠、民国总统府照壁等大批文物保护单位被拆毁。2003年拆除的邓府巷街区是城北地区最后一块明清古街区……

在瓦砾的倒塌声中，梁白泉和许多读书人挺身而出，为保护南京这座历史文化名城的历史痕迹奔走呐喊。

2002年，南京地方志研究专家杨永泉起草了《关于建立南京古城保护区的建议》，在建议中呼吁立即停止古城保护区内的一切拆迁活动，"为了上对得起祖先，下对得起子孙，请珍惜我们的历史文化名城南京的宝贵遗存吧！"梁白泉等19位南京学者联合在建议书上署下了自己的名字。

2006年,就读于北京大学的政治学研究生姚远以"南京市民"的名义寄出300封呼吁书,中国科学院院士、历史地理学家侯仁之,两院院士吴良镛,中国工程院院士傅熹年,以及陈志华、宿白、郑孝燮、徐苹芳、舒乙、罗哲文、谢辰生、叶廷芳、李燕、蒋赞初、梁白泉、潘谷西、叶兆言,共16位建筑界、文物界、文艺界人士签名支持,吁请停止对南京老城南的最后拆除。时任国务院总理的温家宝对此做出肯定性批示,拆除工作一度告停,并促成《历史文化名城名镇名村保护条例》于2008年出台。

当众人以为老城南得以继续留存时,大规模改造却又在2009年初拉开大幕。2009年4月,梁白泉、蒋赞初、叶兆言、刘叙杰、季士家等29位学术界和文化界知名人士向有关部门寄去《南京历史文化名城保护告急》的信函。2009年8月17日,南京市召开"城市总体规划历史文化名城保护专项规划专家座谈会",在这场被专家们认为是"古都保护转折点"的"八一七会议"后,历史街区的拆除工作全部停止。

停止拆除后,已经遭到破坏的街区和建筑应该如何重建和保护?老城南又应该进行怎样的建设?梁白泉和其他热爱南京文化的读书人并没有停止思考。

2009年8月底,蒋赞初、梁白泉、谢辰生、徐苹芳、阮仪三等21位文化界、文物界、建筑界知名专家学者联名致信南京市政府,在《关于整体保护世界级古都南京的建议》中提出,南

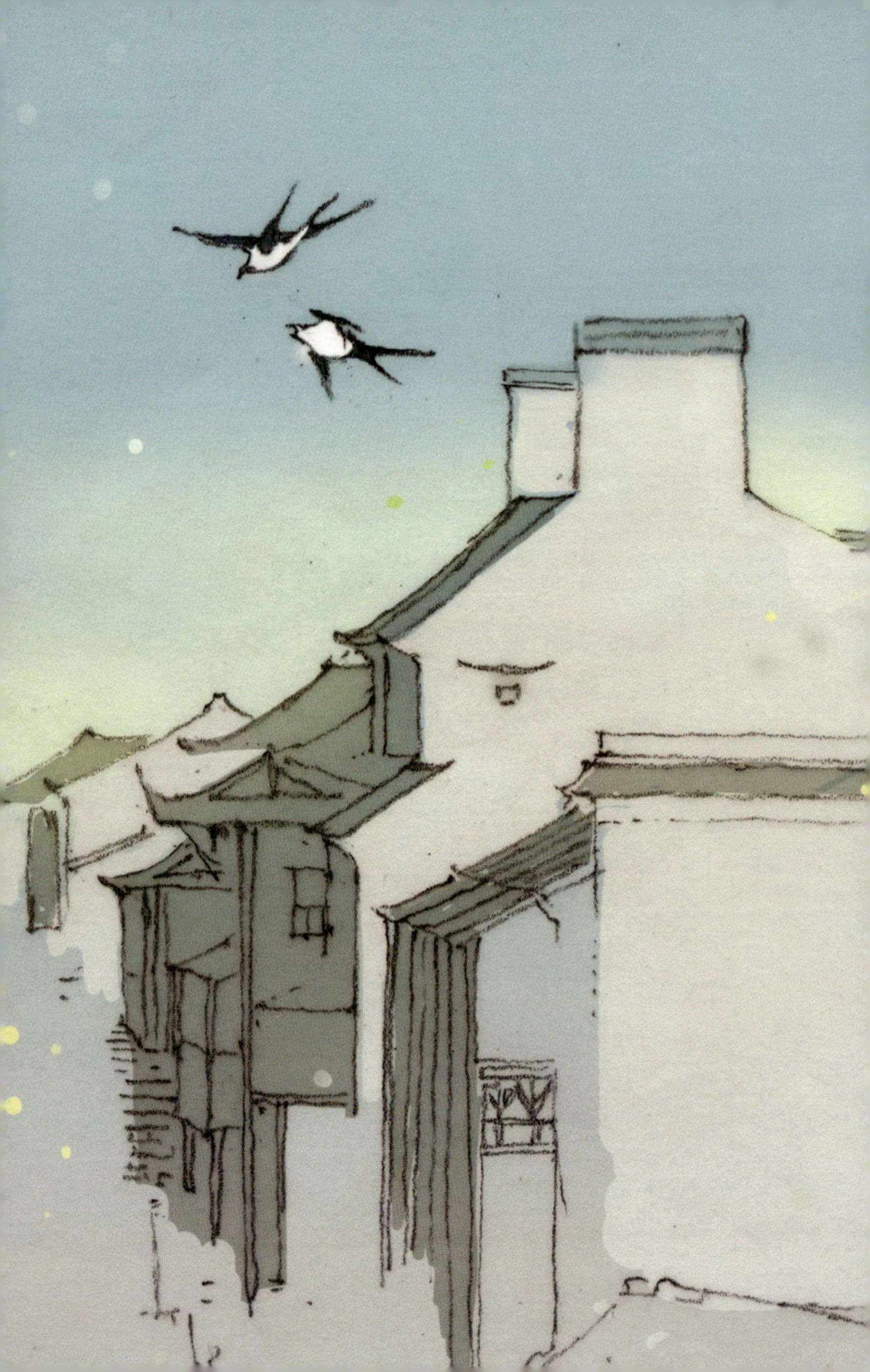

京作为世界级古都，如果妥善保护整治，尚具有成为世界遗产城市的潜在价值。此后，《南京市历史文化名城保护条例》《南京历史文化名城保护规划》《南京老城南历史城区保护规划与城市设计》等条例陆续出台。《南京市历史文化名城保护条例》中明确规定"严格保护老城南历史城区"，历史文化街区、历史风貌区"应当实行整体保护，保持其传统格局、历史风貌和空间尺度，保护与其相互依存的自然景观和环境"。

老城南留下来了，而更多承载着南京历史的街巷，也得以继续印在南京这座现代化城市的地图上。梁白泉等专家学者多年的坚持和努力功不可没，对于有着2500年建城史的古都南京来说，他们的名字值得被城市史铭记。

学人荐书 《增广贤文》

《增广贤文》

冯国超　译注

商务印书馆

　　我要向广大亲爱的读者推荐的书是《增广贤文》。这本书的价值在于它的可读性与实用性，社会各阶层的一些习惯性语言都收录在这本书中。

陳垣先生語

我如魚
書如水

壬寅年梁白泉識

陈垣先生语：我如鱼 书如水

尾　　声　Epilogue

曹劲松

南京,成为世界文都之后的道路展望

长江文化历史悠久、源远流长,作为中华文化的有机组成,其生生不息的文化精神已成为中华民族精神的象征。深刻把握长江文化的丰富内涵,充分彰显其精神价值,在中国现代化建设的新时代征程中实现创造性转化和创新性发展,是实现中华民族伟大复兴的重要精神力量。南京作为长江流域的文化中心城市,在地域文明体的演进和发展过程中,形成了独特的长江文化气质和长江文都格局。南京如何在新时代发挥好保护、传承、弘扬长江文化的重要作用,不仅是南京文化建设自身需要面对的民族之问、历史之问,而且是面向文化强国建设目标体现南京担当的实践之问、时代之问,同时也为中国推进人类命运共同体建设的文化价值回答好世界之问、文明之问。

南京作为一个跨越长江两岸的文化古都和现代都市，其文明体的历史发展进程与长江大动脉密不可分，有着内生共运的文化机理和人文走向。尤其是南京在历史上作为十个朝代和政权的都城，其政治经济文化中心的历史地位，更是将长江文化与中华文化的内在交融，与外来文化的广泛交流推向时代高度，同时亦使得南京文化的自身发展更具一种长江气质和澎湃格局。从南京地域文明体的文化生长、融合、勃兴和辐射四个维度上分析，南京文化因江而生、跨江而融、通江而兴、拥江而名，南京在长江文化发展中发挥了"文都"的中心汇聚、交往和传播功能。

在中国特色社会主义现代化建设的新征程中，保护、传承、弘扬长江文化是建设文化强国的重要有机组成，也是向世界贡献中华文化智慧、促进人类命运共同体建构的重要文化力量。深入研究长江文化内涵，彰显其时代精神价值，南京应当发挥"长江文都"的重要作用，通过强化集体记忆、深化载体熔铸、活化媒体聚合、催化主体创造和濡化客体对话，将中华民族的精神创造成果源源不断地转化为促进中国现代化建设和世界文明共同进步的现实力量，以中国智慧丰富人类文化宝库。

一、强化集体记忆

文化发展是一个连续的过程，长江文化是中华民族的重要文化资源，必须加以有效保护和积极传承，使凝结于其间的文化价值得以延续，以揭示人类生存与发展永恒主题的智慧之光照亮前行道路。虽然文化资源往往表现出地域性特征，并通过一定的文化符号呈现出来，成为地域文明体的价值指征；但文化所凝聚的智慧资源是流动的，是可以分享的，是可以引领人们进行新的实践创造的，必须通过强化集体记忆加以弘扬。因而，南京面向新时代之问的长江文化精神建构，应当从文化资源走向文化叙事，在回答"我有什么"的基础上回答"我是谁"，才能真正塑造一个有灵魂、有体温的文化母体。

南京的长江文化叙事可以从三个方面展开，一是要驻留往事，全面梳理和挖掘长江文化历史遗存和散落的文化信息，在不断丰富和完善历史叙事的基础上，提炼其内在的文化精神，寓理于事、情理交融，并以跨学科的地域学研究深化故事的社会维度，将历史的文明向度和价值尺度恒久驻留于人们的文化记忆中。二是要更新叙事，长江文化的生命力不仅仅是记忆过往，而更为重要的是活在当下，因而南京要将长江文化的价值内核通过文化再生不断加以新的呈现，使之成为现实生活的艺术审美、情感关照和价值追求，在活化传统文化智慧资源的过程中，形成新的文化生命表达。三是要谋略大事，将长江文化与世界文化的交流互鉴作为时代发展的主轴，通过"走出去"和"请进来"的方式，积极构建与世界其他文化的对话之窗与互通之路，彰显各美其美、美美与共的文化和谐生态，不断增强中华文化软实力和影响力。

二、深化载体熔铸

文化作为人类文明的实践成果，具有物质性和精神性的双重特征，长江文化在其长期演进的过程中，所形成的物化成果及其空间形态表达一直延续至今，成为长江文化保护的重要文物遗址类资源。同时，延绵于人的精神世界的非物质文化成果，则通过不同载体形式，存在于人的生活中间。南京作为"长江文都"的功能，不是强调其在长江文化物质形态遗存的简单集聚（事实上不可移动文物本身也无法在空间上集聚），而是突出非物质文化形态的载体建设，通过深化长江文化精神的载体熔铸，彰显长江文化的历史内涵和时代价值，在新时代进一步传承长江文化、弘扬长江精神，为实现民族复兴大业不断积蓄精神内能。

南京长江文化的载体建设可以立足三个空间维度加以深化。一是城市空间维度。城市是人们现代生活的文化空间，特定的建筑、道路、园林和公共艺术装置等设施空间，可以时刻唤起人们的叙事和情感记忆，也将融入其中的价值内涵润物无声地沁入人们的心田。因而，我们需要在做好长江文物遗址保护利用的基础上，根据城市功能区的定位和人们生活审美需要，不断拓展体现长江文化精神的有形城市空间，科学构建合理设施，使之成为长江文都建设的重要标识。二是符号空间维度。文化的精神成果可以通过不同的文化符号加以表达和呈现，南京应加大长江文化主题的各类文学艺术精品创作和文创产品开发力度，使长江文化智慧不断通过各种载体为人们所体验、理解、分享，同时也成为人们精神创造的优秀基因和文化生活的重要元素，实现长江文化对人们精神需要的满足。三是情境空间的维度。数字技术的发展为文化传承与弘扬提供了历史上前所未有的条件,也使散落的文化信息得以在虚拟技术平台上系统性、整体化地呈现,可以给人们带来十分震撼的文化体验。南京应当将数字技术有机融入长江文化物态空间和非物态空间的建设之中,通过建构新型文化体验情境,创造性地实现长江文化历史积淀的现代转化和价值活化,让科技理性之光与文化智慧之光融汇成照耀人们时代生活的多彩阳光。

三、活化媒体聚合

数字化革命引领人类社会进入信息时代,媒体技术的发展及其应用深刻改变了人们的交往关系,文化的生成方式和传播格局亦发生了深度变革,文化传承与创新借助媒体力量实现了前所未有的拓展。在保护、传承、弘扬长江文化的新时代主体实践中,必须注重通过活化媒体聚合,将文化基因融入到人的数字化生存中来,实现文化的数字型转化和媒体传播再造,以文化媒合促进其创新发展。南京在发挥长江文都的功能上,所追求的不应当局限在传统意义上的文化地域中心,而应当拓展为文化媒合中心,进而实现长江文化数字资源聚生基础上的创新引领。

南京长江文化的媒体聚合可以在三个方向上发力。一是充分发挥机构传播作用。除了以传统媒体机构作为基础支撑，开展长江文化信息的系统建构之外，应当充分整合各类场馆自媒体的建设力量，同时借助类型多样的市场化文化生产和经营主体，围绕长江文化的数字化保护与传承，全面开启南京长江文化数字建构工程，形成长江文化的数字传播矩阵，凸显文化内容生产与数字化传播的集合优势。二是善于运用社交传播平台。依托各类网络社交门户，活跃长江文化信息的大众交流，通过主动引领社交主题，不断形成长江文化的讨论热点，将长江文化活化于人们日常的文化审美与精神创造之中。三是积极加大对外传播力度。以策划长江文化事件和推出长江文化精品为主轴，持续开展对外文化交流活动，通过文化交往对象的在地媒体形成有效传播，彰显长江文化的独特魅力、丰富创意、文明智慧和勃勃生机。

四、催化主体创造

文化的生命力在于创造，每个人对于文化的习得和运用都是主体精神能动的过程，同时赋予客体或交往对象以某种意义，进而不断建构自身的文化价值系统和行为实践方式。从主体精神传承与建构出发，弘扬长江文化的关键在于不断催生主体的精神创造力，将长江文化所蕴含的中华文化基因与经济社会发展的时代因子有机结合，形成文化的创新表达与价值内生。南京以长江文都的时代担当，需要在优秀文化传统的创造性转化和创新性发展上走在前列，不断激发主体创造活力，形成对大众文化生活的时尚引领。

文化主体的时代创造可以着眼于三个方面的突出成果。一是打造文化精品。文化艺术经典作品是文化智慧的高度淬炼和符号象征，具有独特的审美价值和广泛的接受性，在文化传承与对外传播中起着中流砥柱的作用。南京文化的长江气质离不开经典作品的塑造，应当集合创作主体多元高端的优势，以开放的姿态和前瞻的眼光，结合科技手段的融汇应用，持续推出南京长江文都的代表之作，引领长江文化在新时代攀上高峰、走向世界。二是丰富文创产品。文创产品是精神价值的物化或与其他价值形成关联的复合性创造，除调动各类市场主体的原创生产外，还应当鼓励大众共同参与文创产品的设计、制作，形成创意生活的积极态度，共享文化对人们的精神洗练，让文创成为每个人生活的有机组成。三是推出文旅新品。文化旅游已成为现代人必不可少的生活方式，也是文化多元体验对人们精神影响的魅力所在。南京文旅资源十分丰厚，如何在原有的基础上进一步创新，尤其是突出长江文化格局的形塑与和融，增加人们的新鲜体验，使长江文化的魅力不断通过文旅新品展现出来，是长江文都功能得以发挥的重要方面。在面向世界的文旅和消费目的地建设过程中，能够给人们带来沉浸式文化体验成为文旅产品竞争力的重要因子，因而在文旅新品的开发上，要走出一条场景体验、价值体验、技术体验和自我观察、自我发现、自我创造相结合的新路径，让人们在文化之旅的过程中实现心灵之旅、智慧之旅、创造之旅的实践契合与精神收获。

五、濡化客体对话

文化对于个体而言是一个伴随一生的心灵对话过程，这种对话既在文化共同体内部进行，也在不同的文化共同体成员之间展开。文化发展的重要维度之一就是不断地与客体开展价值和意义对话，寻求理解、认同，最终经过客体对象的差异化、个性化的选择和意志磨砺，形成文化共同体成员关系及其内在结构的优化。文化通过心灵对话的关系建构方式,对于个体来说不是强制性的,而是滋养化育、润物无声的浸入过程。因而,弘扬长江文化无论是对于共同体内部成员而言,还是面向不同的文化共同体对象,都需要通过濡化客体对话的恒久理念及其实践,久久为功地与时代同向而行,与人的成长相生相伴。

从南京长江文都功能的时代定位出发,在濡化客体对话方面需要进一步形成三大着力点。一是增强文化体验。城市即文化,一个现代城市生活本身就是文化的延续、展开和创造。南京以发挥长江文都功能为己任,首先就要增强这个城市的每一个人对长江文化的精神价值体验。除了对城市物理空间的文化形塑外,还需要通过文化节庆、仪式、习俗等,延展文化记忆空间和情感空间,实现人与城的文化共生共育。二是扩大文化对话。文化对话的核心在于触动人的心灵和砥砺精神追求,是在人们对于文化智慧"日用而不觉"的基础之上,形成自我精神价值自觉建构的过程。一方面要主动策划文化事件,聚焦对文化对话的关注和成果分享;另一方面要将文化对话的线上与线下有机结合起来,发挥媒体的文化对话功能,不仅活跃民间文化对话的广谱作用,而且深化主流文化对话的引领作用。三是推动文明互鉴。我们需要以通江达海的文化胸襟,促进以长江文化为代表的中华文明与世界文明的交流互鉴,使南京成为长江文化与世界文化的交流策源地和成果集聚地,将长江文都的格局建构在美美与共的人类命运共同体责任共担和价值共同之中。

南京市社会科学院院长、研究员、博士
江苏省扬子江创新型城市研究院首席专家